D1725759

vom Paol-Wichtl
2024

Frohes Fest

A

Agatha Christie ®

Agatha Christie

Das Geheimnis des Weihnachtspuddings

Geschichten zum Fest

Atlantik

Zusammengestellt von
Daniel Kampa

Atlantik Bücher erscheinen
im Hoffmann und Campe Verlag, Hamburg.

1. Auflage 2016
AGATHA CHRISTIE® POIROT® MISS MARPLE®
and the Agatha Christie Signature
are registered trade marks of Agatha Christie Limited
in the UK and elsewhere. All rights reserved.
Für die deutschsprachige Ausgabe
Copyright © 2016 by Hoffmann und Campe Verlag, Hamburg
www.hoca.de www.atlantik-verlag.de
Einbandgestaltung: © STUDIO TIPI
Satz: Farnschläder & Mahlstedt, Hamburg
Gesetzt aus der Trump Mediäval LT Std
Druck und Bindung: CPI books GmbH, Leck
Printed in Germany
ISBN 978-3-455-60055-1

HOFFMANN
UND CAMPE

Ein Unternehmen der
GANSKE VERLAGSGRUPPE

Inhalt

Nostalgische
Weihnachtserinnerung

Das Abenteuer des Christmas Pudding habe ich geschrieben, um mir selbst eine Freude zu machen, weil sich dabei schöne Erinnerungen an die Weihnachtstage meiner Jugend einstellen. Nach dem Tod meines Vaters verbrachten meine Mutter und ich Weihnachten immer bei der Familie meines Schwagers in Nordengland – herrliche Tage für ein Kind. Abney Hall hatte einfach alles. Im Garten gab es einen Wasserfall und einen Bach, ein Tunnel führte unter der Einfahrt hindurch. Zu den Feiertagen wurde gewaltig geschlemmt. Ich war ein mageres und scheinbar zartes Kind, in Wirklichkeit aber sehr robust und ständig hungrig. Die Jungen und ich veranstalteten in dieser Zeit wahre Wettessen. Für Austernsuppe und Steinbutt konnten wir uns weniger begeistern, dann aber kam der Truthahn – geschmort und gebraten – nebst einer riesigen Rinderlende auf den Tisch. Die Jungs und ich vertilgten von allem drei Portionen. Danach gab es Plumpudding, Mince Pies, Trifle und alle nur denkbaren Desserts. Nachmittags stopften wir uns mit Schokolade voll. Ich habe nie erlebt, dass einem von uns je schlecht geworden wäre. Wie schön, elf Jahre alt und so gefräßig zu sein.

Der fünfundzwanzigste Dezember war stets ein denkwürdiger Tag – angefangen mit dem reichgefüllten Strumpf frühmorgens im Bett, gefolgt von Kirchgang und Weihnachtsliedersingen, dem Essen und der Bescherung, bis endlich die Kerzen am Baum angezündet wurden.

Und wie dankbar bin ich der gütigen Gastgeberin, die den Weihnachtstag so liebevoll gestaltet hat, dass er mich als beglückende Erinnerung bis ins hohe Alter begleitet. Ich widme deshalb dieses Buch dem Andenken an Abney Hall und der herzlichen Gastfreundschaft, die dort herrschte.

Und frohe Weihnachten allen, die dieses Buch lesen.

Agatha Christie

Das Geheimnis
des Plumpuddings

Ich bedauere außerordentlich …«, sagte Monsieur Hercule Poirot.

Er wurde unterbrochen. Allerdings nicht rüde. Es war eine geschmeidige, geschickte, diplomatische Unterbrechung, kein Widerspruch.

»Bitte sagen Sie nicht von vornherein Nein, Monsieur Poirot. Es handelt sich hier um wichtige Staatsangelegenheiten. Man wird Ihre Kooperation an höchster Stelle zu schätzen wissen.«

»Zu gütig«, winkte Hercule Poirot ab, »aber ich kann Ihrer Bitte unmöglich nachkommen. Zu dieser Jahreszeit …«

Erneut unterbrach ihn Mr Jesmond. »Weihnachten«, sagte er gewinnend. »Ein traditionelles englisches Weihnachtsfest auf dem Lande.«

Hercule Poirot schauderte. Die Vorstellung, die Weihnachtszeit in England auf dem Lande verbringen zu müssen, behagte ihm ganz und gar nicht.

»Ein schönes, traditionelles Weihnachtsfest!«, betonte Mr Jesmond noch einmal.

»Ich, ich bin kein Engländer«, sagte Hercule Poirot. »In meinem Land, da ist Weihnachten ein Fest für die Kinder. Was wir feiern, ist das neue Jahr.«

»Aha«, sagte Mr Jesmond, »aber in England ist Weihnachten etwas ganz Besonderes, und ich garantiere Ihnen, in Kings Lacey erwartet Sie ein Fest vom Feinsten. Wissen Sie, das ist ein wunderschönes altes Gebäude. Ein Flügel stammt sogar aus dem 14. Jahrhundert.«

Wieder schauderte Poirot. Bei dem Gedanken an ein englisches Herrenhaus aus dem 14. Jahrhundert beschlich ihn tiefe Beklemmung. Zu oft hatte er in historischen englischen Gebäuden schlechte Erfahrungen gemacht. Dankbar blickte er sich in seiner gemütlichen, modernen Wohnung mit ihren Heizkörpern und den neuesten technischen Vorrichtungen gegen Zugluft um.

»Im Winter«, sagte er entschieden, »bleibe ich in London.«

»Ich glaube, Sie sind sich nicht ganz darüber im Klaren, um was für eine ernste Angelegenheit es sich hier handelt, Monsieur Poirot.« Mr Jesmond blickte kurz zu seinem Begleiter und wandte sich dann wieder Poirot zu.

Poirots zweiter Besucher hatte bis dahin außer einer höflichen Begrüßungsformel nichts gesagt. Er saß da, starrte auf seine blank polierten Schuhe und trug einen durch und durch niedergeschlagenen Ausdruck in seinem dunklen Gesicht. Dieser junge Mann von höchstens dreiundzwanzig Jahren bot unverkennbar ein Bild des absoluten Jammers.

»Ja, ja«, sagte Hercule Poirot. »Natürlich ist es eine ernste Angelegenheit. Darüber bin ich mir schon im Klaren. Seine Hoheit hat mein aufrichtiges Mitgefühl.«

»Die Lage ist äußerst delikat«, erwiderte Mr Jesmond.

Poirot wandte den Blick von dem jungen Mann ab und richtete ihn auf seinen älteren Begleiter. Müsste man Mr Jesmond mit nur einem Wort beschreiben, dann wäre es »Diskretion«. An ihm war aber auch alles diskret. Seine gut geschnittene, aber unauffällige Kleidung, seine angenehme, kultivierte, sich kaum je über ihre wohltuende Monotonie aufschwingende Stimme, sein sich an den Schläfen ein wenig lichtendes hellbraunes Haar, sein blasses, ernstes Gesicht. Hercule Poirot kam es vor, als hätte er im Lauf der Jahre nicht einen, sondern ein Dutzend Mr Jesmonds kennengelernt, von denen alle früher oder später die gleiche Formulierung benutzt hatten: »Eine äußerst delikate Angelegenheit.«

»Wie Sie wissen«, sagte Hercule Poirot, »kann die Polizei sehr diskret sein.«

Mr Jesmond schüttelte energisch den Kopf.

»Keine Polizei«, sagte er. »Um den, äh, um das wiederzubekommen, was wir zurückhaben wollen, wird es sich wohl kaum vermeiden lassen, vor Gericht zu ziehen, aber dazu wissen wir noch zu wenig. Wir haben zwar einen Verdacht, wissen jedoch nichts Genaues.«

»Sie haben mein Mitgefühl«, wiederholte Hercule Poirot.

Falls er dachte, sein Mitgefühl würde seinen Besuchern irgendetwas bedeuten, so hatte er sich allerdings getäuscht. Die beiden wollten kein Mitgefühl, sie wollten praktische Hilfe. Mr Jesmond begann abermals, die Vorzüge eines englischen Weihnachtsfests auf dem Lande zu preisen.

»Wissen Sie, es stirbt langsam aus«, sagte er, »das richtige, traditionelle Weihnachten. Heutzutage feiern die Leute in Hotels. Aber ein englisches Weihnachten, im Kreise der Familie, die Kinder mit ihren Weihnachtsstrümpfen, der Weihnachtsbaum, der Truthahn und der Plumpudding, die Knallbonbons. Der Schneemann vorm Fenster …«

Im Interesse der Genauigkeit intervenierte Hercule Poirot.

»Um einen Schneemann zu bauen, braucht man Schnee«, sagte er streng. »Und den kann man nicht einfach bestellen, auch nicht für ein englisches Weihnachten.«

»Ich sprach gerade heute mit einem Freund beim Wetterdienst«, entgegnete Mr Jesmond, »und der meinte, es werde aller Wahrscheinlichkeit nach zu Weihnachten Schnee geben.«

Das hätte er nicht sagen sollen. Hercule Poirot schauderte heftiger denn je.

»Schnee auf dem Land!«, sagte er. »Das wäre ja noch grässlicher. Ein großes, kaltes Herrenhaus.«

»Ganz im Gegenteil«, erwiderte Mr Jesmond. »In den letzten zehn Jahren haben sich die Dinge gehörig geändert. Ich sage nur so viel: Ölzentralheizung.«

»Es gibt eine Ölzentralheizung?«, fragte Poirot. Zum ersten Mal schien er zu schwanken.

Mr Jesmond ergriff die Gelegenheit. »Ja, in der Tat«, sagte er, »und eine hervorragende Warmwasseranlage. In jedem Zimmer befinden sich Heizkörper. Ich versichere Ihnen, mein lieber Monsieur Poirot, Kings Lacey bietet im Winter Komfort par excellence. Es könnte sogar sein, dass es Ihnen in dem Haus *zu* warm wird.«

»Das wäre höchst unwahrscheinlich«, entgegnete Hercule Poirot.

Mit routiniertem Geschick wechselte Mr Jesmond dezent das Thema.

»Sie können sich vorstellen, in welch furchtbarem Dilemma wir stecken«, sagte er in vertraulichem Ton.

Hercule Poirot nickte. Es war tatsächlich ein vertracktes Problem. Ein junger Thronanwärter, der einzige Sohn des Herrschers eines reichen und wichtigen indischen Fürstenstaates, war vor wenigen Wochen in London eingetroffen. In seinem Land herrschten Unruhe und Unzufriedenheit. Während die öffentliche Meinung gegenüber dem Vater, der die östlichen Traditionen hochhielt, loyal blieb, betrachtete das Volk die jüngere Generation eine Spur argwöhnischer. Die Extravaganzen des Sohnes entsprangen dessen westlichen Vorstellungen und stießen daher auf Ablehnung.

Vor Kurzem war jedoch seine Verlobung bekannt gegeben worden. Er sollte eine leibliche Cousine heiraten, eine junge Frau, die, obwohl sie in Cambridge studiert hatte, darauf achtete, in ihrer Heimat keine westlichen Einflüsse zur Schau zu stellen. Der Hochzeitstermin stand fest, und der junge Prinz reiste nach England, um einige der kostbaren Juwelen seines Hauses von Cartier in angemessene moderne Fassungen einsetzen zu lassen. Unter den Edelsteinen befand sich auch ein berühmter Rubin, der aus einer klobigen, altmodischen Kette herausgelöst und von den renommierten Juwelieren zu neuem Leben erweckt worden war. So weit, so gut, doch dann begann der Ärger. Niemand hätte einem derart reichen und geselligen jungen Mann ein paar Eskapaden verübelt. Niemand hätte ihm ein Abenteuer missgönnt. Von jungen Prinzen wurde geradezu erwartet, dass sie sich amüsierten. So hätte man es ganz natürlich und angemessen gefunden, wenn der Prinz mit seiner aktuellen Freundin die Bond Street entlanggebummelt und ihr die Freuden, die sie ihm gewährt hatte, mit einem Smaragdarmband oder einer Diamantbrosche vergolten hätte – im Grunde nichts anderes als die Cadillacs, die sein Vater seiner aktuellen Lieblingstänzerin zu spendieren pflegte.

Allerdings war der Prinz sehr viel indiskreter gewesen. Er hatte einer Dame, deren Interesse ihm schmeichelte, den berühmten Rubin in seiner neuen Fassung gezeigt und ihr schließlich törichterweise sogar die Bitte erfüllt, ihn – nur einen Abend lang – tragen zu dürfen!

Der Schlussakt war kurz und schmerzhaft. Die Dame erhob sich beim Diner vom Tisch und zog sich zurück, um sich die Nase zu pudern. Die Zeit verging. Sie kehrte nicht zurück. Sie hatte das Restaurant durch die Hintertür verlassen und sich in Luft aufgelöst. Bedauerlicherweise war der Rubin in seiner neuen Fassung ebenfalls verschwunden.

Wollte man keine gravierenden Konsequenzen heraufbeschwören, so konnte dieser Sachverhalt unmöglich publik gemacht werden. Der Rubin war mehr als nur ein Rubin, er hatte einen enormen historischen Wert, und die Umstände seines Verschwindens waren derart delikat, dass jedes unnötige Aufsehen äußerst schwerwiegende politische Folgen haben konnte.

Mr Jesmond war nicht in der Lage, diesen Sachverhalt in einfache Sätze zu kleiden. Er verpackte sie gleichsam in einen Wust aus Worten. Wer Mr Jesmond genau war, wusste Hercule Poirot nicht. Er hatte im Lauf seiner Karriere viele Mr Jesmonds kennengelernt. Ob er jetzt für das Innenministerium, das Außenministerium oder eine andere diskrete Behörde tätig war, wurde nie im Einzelnen dargelegt. Er handelte im Interesse des Commonwealth. Der Rubin musste gefunden werden.

Und Monsieur Poirot, darauf bestand Mr Jesmond mit großem Feingefühl, sei der Einzige, der ihn wiederbeschaffen könne.

»Ja, vielleicht«, gab Hercule Poirot zu, »aber Sie können mir so wenig konkrete Details liefern. Vermutungen, Verdachtsmomente, das bringt einen nicht sehr weit.«

»Kommen Sie, Monsieur Poirot, das übersteigt doch sicher nicht Ihre Fähigkeiten. Ich bitte Sie.«

»Ich habe nicht immer Erfolg.«

Doch diese Bescheidenheit war nur gespielt. Poirots Ton verriet eindeutig, dass für ihn die Annahme eines Auftrags mehr oder weniger gleichbedeutend mit einem erfolgreichen Abschluss war.

»Seine Hoheit ist noch sehr jung«, sagte Mr Jesmond. »Es wäre schade, wenn sein ganzes Leben lediglich aufgrund einer jugendlichen Unüberlegtheit ruiniert wäre.«

Poirot bedachte den niedergeschlagenen jungen Mann mit einem gütigen Blick. »Die Jugend, das ist die Zeit für Eskapaden«, sagte er aufmunternd, »und bei einem gewöhnlichen jungen Mann spielt so etwas auch keine große Rolle. Der gute Papa, der zahlt; der Familienanwalt, der hilft, die Unannehmlichkeiten aus der Welt zu schaffen; der junge Mann, der lernt aus seinen Erfahrungen – und alles nimmt ein gutes Ende. Ihre Lage ist allerdings wirklich schwierig. Die bevorstehende Hochzeit …«

»Das ist es. Genau das ist es.« Zum ersten Mal sprudelten Worte aus dem jungen Mann heraus. »Verstehen Sie, sie ist ein sehr, sehr ernsthafter Mensch. Sie nimmt das Leben sehr ernst. Sie hat in Cambridge sehr viele sehr ernst zu nehmende Anregungen aufgegriffen. Es soll in meinem Land ein Bildungssystem entwickelt werden. Es soll Schulen geben. Und vieles andere mehr. Alles im Namen des Fortschritts, verstehen Sie, im Namen der Demokratie. Es wird, sagt sie, nicht so bleiben wie zu Zeiten meines Vaters. Natürlich weiß sie, dass ich mich in London vergnüge, aber einen Skandal darf es nicht geben. Nein! Der Skandal ist das Problem. Es handelt sich nämlich um einen sehr, sehr berühmten Rubin, verstehen Sie. Er hat eine lange Geschichte. Viel Blutvergießen – viele Tote!«

»Tote«, sagte Hercule Poirot nachdenklich. Er sah zu Mr Jesmonds hinüber. »Man hofft natürlich, dass es dazu nicht kommt?«

Mr Jesmonds machte ein seltsames Geräusch, wie eine Henne, die sich entschlossen hat, ein Ei zu legen, und sich dann eines Besseren besinnt.

»Nein, nein, auf gar keinen Fall«, sagte er recht steif. »So etwas ist völlig ausgeschlossen, da bin ich mir sicher.«

»Ganz sicher kann man sich da nicht sein«, entgegnete Hercule Poirot. »Egal, wer den Rubin jetzt hat, es kann durchaus noch andere Personen geben, die ihn in ihren Besitz bringen wollen und die vor nichts haltmachen würden, *mon ami*.«

»Ich bin wirklich nicht der Meinung«, sagte Mr Jesmond und klang dabei steifer denn je, »dass wir uns derartigen Spekulationen hingeben müssen. Äußerst unergiebig.«

»Ich«, sagte Hercule Poirot und kehrte plötzlich den Ausländer heraus, »ich, ich prüfe die Möglichkeiten, ganz wie die Politiker.«

Mr Jesmond blickte ihn zweifelnd an. Sich zusammenreißend, sagte er: »Ich kann also davon ausgehen, Monsieur Poirot, dass die Sache geregelt ist? Dass Sie nach Kings Lacey fahren?«

»Und wie soll ich meine Anwesenheit dort erklären?«, fragte Hercule Poirot.

Mr Jesmond lächelte zuversichtlich.

»Das, glaube ich, lässt sich sehr leicht arrangieren. Ich versichere Ihnen, es wird alles ganz natürlich wirken. Sie werden sehen, die Laceys sind äußerst charmant. Reizende Menschen.«

»Und mit der Ölzentralheizung binden Sie mir keinen Bären auf?«

»Nein, nein, auf gar keinen Fall«, antwortete Mr Jesmond gequält. »Ich versichere Ihnen, Sie werden dort allen erdenklichen Komfort genießen.«

»*Tout confort moderne*«, murmelte Poirot, in Erinnerungen schwelgend. »*Eh bien*, ich nehme den Auftrag an.«

Die Temperatur in dem lang gestreckten Salon von Kings Lacey betrug angenehme zwanzig Grad, als Hercule Poirot an einem der großen Sprossenfenster saß und sich mit Mrs Lacey unterhielt. Mrs Lacey war mit einer Handarbeit beschäftigt. Sie saß jedoch weder an einer Petit-Point-Stickerei noch stickte sie Blumen auf Seide. Stattdessen widmete sie sich der prosaischen Aufgabe, Geschirrtücher zu säumen. Während sie nähte, sprach sie mit einer leisen, bedachten Stimme, die Poirot als äußerst charmant empfand.

»Ich hoffe, Ihnen gefällt unsere Weihnachtsfeier hier, Monsieur Poirot. Wissen Sie, es wird ein reines Familienfest. Meine Enkelin ist zu Gast, ein Enkel und dessen Freund sowie Bridget, meine Großnichte, Diana, eine Cousine, und David Welwyn, ein langjähriger Freund der Familie. Also lediglich eine Familienfeier. Edwina Morecombe meinte allerdings, genau das hätten Sie sich gewünscht. Ein traditionelles Weihnachten. Niemand könnte traditioneller sein als wir! Wissen Sie, mein Mann lebt ganz und gar in der Vergangenheit. Er möchte, dass alles genau so ist, wie es war, als er mit zwölf Jahren seine Ferien hier verbrachte.« Sie schmunzelte.

»Alles genau wie früher, der Weihnachtsbaum und die Weihnachtsstrümpfe und die Austernsuppe und der Truthahn – zwei Truthähne, einer gekocht und einer gebraten – und der Plumpudding mit dem Ring und dem Junggesellenknopf und so weiter und so fort. Sixpencestücke können wir heutzutage nicht mehr einbacken, weil sie nicht mehr aus reinem Silber sind. Dazu all die alten Desserts, Pflaumen aus Elvas und Karlsbader Pflaumen und Mandeln und Rosinen und kandierte Früchte und Ingwer. Mein Gott, ich klinge wie ein Katalog von Fortnum & Mason.«

»Sie stimulieren meine gastronomischen Säfte, Madame.«

»Ich fürchte, morgen Abend werden wir alle entsetzliche Verdauungsbeschwerden haben«, sagte Mrs Lacey. »Man ist es ja gar nicht mehr gewohnt, so viel zu essen, oder?«

Sie wurde von lauten Rufen und schallendem Gelächter vor dem Fenster unterbrochen und blickte hinaus.

»Ich habe keine Ahnung, was die da draußen treiben. Wahrscheinlich spielen sie irgendein Spiel. Wissen Sie, ich habe immer solche Angst, dass unsere Weihnachtsfeier die jungen Leute langweilt. Aber dem ist gar nicht so, im Gegenteil. Mein Sohn und meine Tochter und ihre Freunde hatten nämlich früher ziemlich neumodische Vorstellungen von Weihnachten. Meinten, es wäre alles Blödsinn und zu viel Aufwand und viel besser, irgendwo in ein Hotel zu gehen und zu tanzen. Aber der jüngeren Generation scheint das alles furchtbar gut zu gefallen. Und außerdem«, fügte Mrs Lacey ganz pragmatisch hinzu, »haben Kinder im schulpflichtigen Alter ständig Hunger, stimmt's? Ich habe das Gefühl, man lässt sie in diesen Schulen regelrecht verhungern. Schließlich weiß doch jeder, dass Kinder in dem Alter so viel essen wie drei starke Männer zusammen.«

Poirot lachte und sagte: »Madame, es ist äußerst liebenswürdig von Ihnen und Ihrem Gatten, mich an Ihrer Familienfeier teilnehmen zu lassen.«

»Oh, es ist uns wirklich beiden ein Vergnügen«, erwiderte Mrs Lacey. »Und falls Horace Ihnen etwas unwirsch vorkommt, achten Sie einfach nicht darauf. Das ist nun mal seine Art, verstehen Sie.«

Genau genommen hatte ihr Gatte, Colonel Lacey, gesagt: »Ist mir schleierhaft, warum du zu Weihnachten einen verdammten Ausländer einlädst, der bloß alles durcheinanderbringt. Können wir ihn nicht ein andermal herbitten? Kann Ausländer nicht ausstehen! Schon gut, schon gut, Edwina Morecombe hat ihn uns also ans Bein gebunden. Ich möchte wissen, wie die eigentlich dazu kommt. Warum lädt sie ihn denn nicht zu sich ein?«

»Weil Edwina, wie du ganz genau weißt, immer ins Claridge-Hotel geht.«

Ihr Gatte hatte sie scharf angesehen und gesagt: »Du führst doch hier nicht irgendetwas im Schilde, oder, Em?«

»Etwas im Schilde?«, sagte Em und sah ihn mit ihren großen blauen Augen an. »Natürlich nicht. Wieso sollte ich?«

Der alte Colonel Lacey hatte tief und dröhnend gelacht. »Ich würde es dir durchaus zutrauen, Em. Du führst nämlich immer etwas im Schilde, wenn du deine Unschuldsmiene aufsetzt.«

Diese Dinge gingen Mrs Lacey durch den Kopf, als sie jetzt fortfuhr: »Edwina meinte, Sie könnten uns eventuell helfen ... Ich kann mir zwar nicht genau vorstellen, wie, aber sie sagte, Sie hätten einmal Freunden in einem ähnlichen Fall helfen können.

Ich – aber vielleicht wissen Sie ja gar nicht, wovon ich rede?«

Poirot sah sie ermunternd an. Mrs Lacey ging auf die siebzig zu, hielt sich kerzengerade, hatte schneeweiße Haare, rosarote Wangen, blaue Augen, eine lächerlich kleine Nase und ein energisches Kinn.

»Wenn ich Ihnen irgendwie behilflich sein kann, sehr gerne!«, sagte Poirot. »Soweit ich weiß, haben wir es hier mit der bedauerlichen Schwärmerei eines jungen Mädchens zu tun.«

Mrs Lacey nickte. »Ja. Es ist allerdings schon merkwürdig, dass ich – nun, dass ich mit Ihnen darüber rede. Schließlich sind Sie ein wildfremder Mensch …«

»*Und* ein Ausländer«, erwiderte Poirot verständnisvoll.

»Ja«, sagte Mrs Lacey, »aber das macht es vielleicht irgendwie leichter. Jedenfalls schien Edwina zu glauben, dass Sie eventuell, wie soll ich es ausdrücken, dass Sie eventuell nützliche Informationen über diesen jungen Desmond Lee-Wortley in Erfahrung bringen könnten.«

Poirot hielt einen Augenblick inne und bewunderte bei sich das Geschick und die Leichtigkeit, mit denen Mr Jesmond Lady Morecombe für seine Zwecke eingespannt hatte.

»Dieser junge Mann, er hat, soweit ich weiß, keinen sehr guten Ruf?«, begann er vorsichtig.

»Nein, den hat er tatsächlich nicht! Er hat sogar einen äußerst schlechten Ruf! Aber das hilft uns, was Sarah betrifft, nicht weiter. Einem jungen Mädchen zu sagen, dass ein Mann einen schlechten Ruf hat, nützt doch nie etwas, oder? Es, es spornt sie nur an!«

»Da haben Sie völlig recht«, sagte Poirot.

»In meiner Jugend ...«, fuhr Mrs Lacey fort. »Mein Gott, wie lange das schon her ist! Wissen Sie, wir wurden vor gewissen jungen Männern gewarnt, was sie für uns natürlich nur umso interessanter machte, und wenn es einem irgendwie gelang, mit ihnen zu tanzen oder in einem dunklen Wintergarten allein zu sein ...«, sie lachte. »Deshalb habe ich Horace nie das tun lassen, was er tun wollte.«

»Sagen Sie«, meinte Poirot, »was genau macht Ihnen denn Sorgen?«

»Unser Sohn fiel im Krieg. Meine Schwiegertochter starb bei Sarahs Geburt, weshalb Sarah bei uns aufgewachsen ist. Vielleicht haben wir sie verzogen, ich weiß es nicht. Aber wir waren der Ansicht, wir sollten ihr so viele Freiheiten wie möglich lassen.«

»Das ist, glaube ich, erstrebenswert«, sagte Poirot. »Man muss mit der Zeit gehen.«

»Genau, das fand ich auch. Außerdem tun Mädchen so etwas heutzutage einfach.«

Poirot sah sie fragend an.

»Ich glaube«, fuhr Mrs Lacey fort, »man kann es so ausdrücken: Sarah ist in eine Gruppe von Leuten hineingeraten, die ständig in Cafés herumhocken. Sie will nicht zum Tanz gehen, nicht in die Gesellschaft eingeführt werden, keinen Debütantinnenball besuchen, nichts dergleichen. Stattdessen hat sie eine unansehnliche Zweizimmerwohnung in Chelsea gemietet, unten am Fluss, und trägt diese komische Kleidung, für die sie alle eine Vorliebe haben, und schwarze Strümpfe oder sogar knallgrüne. Sehr dicke Strümpfe. Stelle ich mir immer furchtbar kratzig vor! Und waschen und kämmen tut sie sich auch nie.«

»*Ça, c'est tout à fait naturelle*«, sagte Poirot. »Das ist momentan Mode. Das gibt sich auch wieder.«

»Ja, ich weiß«, sagte Mrs Lacey. »Wegen so etwas würde ich mir auch keine Sorgen machen. Aber sehen Sie, jetzt hat sie sich mit diesem Desmond Lee-Wortley eingelassen, der nun wirklich einen sehr üblen Ruf hat. Er lässt sich mehr oder weniger von wohlhabenden Mädchen durchfüttern. Sie scheinen ziemlich verrückt nach ihm zu sein. Beinahe hätte er das Mädchen der Hopes geheiratet, aber ihre Familie hat sie schnell noch unter Amtsvormundschaft stellen lassen oder so etwas. Und genau das will Horace jetzt natürlich auch tun. Er meint, es wäre zu ihrem Schutz. Aber ich halte das eigentlich für keine gute Idee, Monsieur Poirot. Ich meine, die würden doch einfach nur zusammen nach Schottland oder Irland oder Argentinien oder sonst wohin durchbrennen und dann dort heiraten oder in wilder Ehe leben. Und obwohl das eventuell eine Missachtung des Gerichts und so darstellen würde – na ja, letztendlich wäre es trotzdem keine Lösung, oder? Besonders, wenn ein Baby unterwegs ist. Dann müsste man nachgeben und die beiden heiraten lassen. Und das führt dann nach ein, zwei Jahren fast immer, will mir scheinen, zu einer Scheidung. Und dann zieht das Mädchen wieder nach Hause und heiratet ein, zwei Jahre später meistens einen so netten Mann, dass er fast schon langweilig ist, und lässt sich häuslich nieder. Besonders bedauerlich ist es jedoch, finde ich, wenn sie ein Kind hat, denn von einem Stiefvater großgezogen zu werden, egal, wie nett er ist, das ist einfach nicht dasselbe. Nein, ich glaube, es wäre viel besser, wenn man es so wie in meiner Jugend angehen würde. Ich meine, der erste junge Mann, in den man sich verliebt hat, war doch nie eine gute Partie. Ich weiß noch, ich verliebte mich unsäglich in einen jungen Mann namens – wie hieß er noch gleich? Seltsam, dass ich mich überhaupt nicht mehr an seinen Vornamen erinnern kann! Mit Nachnamen hieß er Tibbitt. Der junge Tibbitt. Natürlich hat mein Vater ihm mehr oder weniger das Haus verboten, aber er wurde zu denselben Tanzabenden eingeladen wie ich, und dann tanzten wir auch miteinander. Und manchmal schlüpften wir hinaus und saßen draußen zusammen, und gelegentlich veranstalteten Freunde ein Picknick, zu dem wir beide gegangen sind. Das war natürlich alles verboten und aufregend, und es machte enormen Spaß. Aber wir gingen nicht, na ja, nicht so weit wie die Mädchen heutzutage. Und folglich verschwand dieser Mr Tibbitt langsam aus meinem Leben. Und wissen Sie was, als ich ihn dann vier Jahre später zufällig traf, fragte ich mich, was ich je an ihm hatte finden können! Er kam mir so langweilig vor, dieser junge Mann. Protzig, wissen Sie. Kein interessanter Gesprächspartner.«

»Man glaubt immer, dass in der eigenen Jugend alles viel besser war«, sagte Poirot ein wenig schulmeisterlich.

»Ich weiß«, erwiderte Mrs Lacey. »Ich langweile Sie, stimmt's? Ich möchte Sie nicht langweilen. Aber trotzdem möchte ich nicht, dass Sarah diesen Desmond Lee-Wortley heiratet. Sie ist so ein liebes Mädchen. David Welwyn, der auch zu Besuch ist, und sie waren früher richtig gute Freunde und mochten sich sehr gern, und wir beide, Horace und ich, haben immer gehofft, die beiden würden heiraten, wenn sie groß sind. Aber jetzt findet sie ihn natürlich todlangweilig und ist völlig in diesen Desmond vernarrt.«

»Ich verstehe nicht ganz, Madame. Dieser Desmond Lee-Wortley ist bei Ihnen zu Gast und übernachtet auch hier?«

»Das geht auf mein Konto. Horace wollte ihr unbedingt verbieten, ihn wiederzusehen und so weiter. Zu seiner Zeit hätte der Vater oder Vormund dem jungen Mann natürlich mit einer Reitpeitsche einen Besuch abgestattet! Horace wollte dem Kerl auf jeden Fall das Haus und dem Mädchen den Umgang mit ihm verbieten. Ich erklärte ihm, das sei grundverkehrt. ›Nein‹, habe ich gesagt. ›Lade ihn hierher ein. Er soll mit uns zusammen Weihnachten feiern.‹ Natürlich hielt mich mein Mann für verrückt! ›Liebling‹, habe ich gesagt, ›lass es uns doch wenigstens versuchen. Dann erlebt sie ihn hier in unserem Kreis, in unserem Haus. Wir werden sehr nett zu ihm sein und sehr höflich, und dann lässt ihr Interesse an ihm unter Umständen nach!‹«

»Ich glaube, Madame, da ist, wie man so schön sagt, etwas dran«, sagte Poirot. »Ich glaube, das ist eine sehr kluge Position. Klüger als die Ihres Gatten.«

»Nun, das hoffe ich jedenfalls«, sagte Mrs Lacey unsicher. »Bisher scheint es noch nicht unbedingt zu funktionieren. Aber natürlich ist er erst zwei Tage hier.« In ihrer runzligen Wange zeigte sich ein Grübchen. »Ich muss Ihnen etwas gestehen, Monsieur Poirot. Ich kann mir nicht helfen, aber ich mag ihn. Ich meine, ich mag ihn nicht wirklich, vom Verstand her, aber sein Charme hat eine Wirkung auf mich. O ja, ich kann verstehen, was Sarah an ihm findet. Aber ich bin alt genug und habe genügend Erfahrung, um zu wissen, dass er überhaupt nichts taugt. Selbst wenn ich gern in seiner Gesellschaft bin. Obwohl ich glaube«, fügte Mrs Lacey wehmütig hinzu, »dass er eine gute Seite hat. Wissen Sie, er erkundigte sich vorher, ob er seine Schwester mitbringen könne. Sie war operiert worden und lag im Krankenhaus. Er meinte, er fände es so traurig, wenn sie Weihnachten in einem Sanatorium verbringen müsste, und fragte, ob es zu viele Umstände machen würde, wenn er sie mitbrächte. Er sagte, er würde ihr alle Mahlzeiten aufs Zimmer bringen und so weiter. Also, das finde ich wirklich ziemlich nett von ihm, Sie nicht, Monsieur Poirot?«

»Diese Rücksichtnahme«, sagte Poirot nachdenklich, »scheint irgendwie nicht zu ihm zu passen.«

»Ach, ich weiß nicht. Man kann doch seine Familie lieben und gleichzeitig den Wunsch verspüren, einem jungen reichen Mädchen nachzustellen. Wissen Sie, Sarah wird einmal sehr reich sein, und zwar nicht nur, weil wir ihr etwas hinterlassen werden – was naturgemäß nicht sehr viel sein wird, denn das meiste Geld sowie das Anwesen hier bekommt mein

Enkel Colin. Aber ihre Mutter war steinreich, und mit einundzwanzig wird Sarah ihr gesamtes Vermögen erben. Jetzt ist sie zwanzig. Nein, ich finde es wirklich nett, dass Desmond an seine Schwester gedacht hat. Und er hat auch nicht behauptet, sie sei irgendetwas Besonderes oder so. Soweit ich weiß, ist sie Stenotypistin, arbeitet als Sekretärin in London. Und er hat sein Wort gehalten und bringt ihr das Essen hoch. Natürlich nicht immer, aber ziemlich oft. Deshalb glaube ich schon, dass er auch eine gute Seite hat. Aber trotzdem«, sagte Mrs Lacey kategorisch, »möchte ich nicht, dass Sarah ihn heiratet.«

»Nach allem, was ich gehört habe und was mir berichtet wurde«, sagte Poirot, »wäre das tatsächlich eine Katastrophe.«

»Meinen Sie, Sie können uns irgendwie helfen?«, fragte Mrs Lacey.

»Ja, ich denke schon«, erwiderte Hercule Poirot, »doch ich möchte Ihnen nicht zu viel versprechen. Denn Leute wie Mr Desmond Lee-Wortley sind clever, Madame. Aber bitte verzweifeln Sie nicht. Vielleicht lässt sich da doch etwas machen. Ich werde auf jeden Fall mein Bestes versuchen, schon aus Dankbarkeit für Ihre freundliche Einladung zu Ihrem familiären Weihnachtsfest.« Er blickte sich um. »Es ist heutzutage sicher nicht so leicht, ein schönes Weihnachtsfest zu organisieren.«

»Allerdings nicht«, seufzte Mrs Lacey. Sie beugte sich vor. »Monsieur Poirot, wissen Sie, wovon ich träume – was ich wirklich gern hätte?«

»Erzählen Sie es mir, Madame.«

»Ich wünsche mir einfach einen kleinen, modernen Bungalow. Nein, vielleicht nicht unbedingt einen Bungalow, sondern ein kleines, modernes, leicht in Schuss zu haltendes Haus irgendwo hier in unserem Park, mit einer ultramodernen Küche und ohne lange Gänge, wo alles einfach und bequem ist.«

»Das ist ein ausgesprochen praktischer Wunsch, Madame.«

»Für mich aber praktisch unerfüllbar«, entgegnete Mrs Lacey. »Mein Mann liebt dieses Haus über alles. Er lebt furchtbar gern hier. Kleine Unbequemlichkeiten stören ihn nicht, die Ungemütlichkeit macht ihm nichts aus, und er würde es hassen, regelrecht hassen, in einem kleinen modernen Haus im Park zu wohnen.«

»Und so ordnen Sie sich seinen Wünschen unter?«

Mrs Lacey setzte sich auf. »Ich ordne mich nicht

unter, Monsieur Poirot. Ich habe meinen Mann in dem Wunsch geheiratet, ihn glücklich zu machen. Er ist mir ein guter Ehemann und hat mich all die Jahre hindurch sehr glücklich gemacht, und ich möchte ihm etwas zurückgeben.«

»Dann werden Sie also hier wohnen bleiben?«

»So ungemütlich ist es auch wieder nicht.«

»Nein, nein«, sagte Poirot hastig. »Im Gegenteil, es ist hier äußerst gemütlich. Ihre Zentralheizung und die Warmwasseranlage sind perfekt.«

»Wir haben eine Menge Geld ausgegeben, damit das Haus gemütlich wird. Wir konnten ein Stück Land verkaufen. ›Baureif‹ nennt man das wohl. Zum Glück auf der anderen Seite des Parks und vom Haus aus nicht zu sehen. Eigentlich ein hässliches Stück Land ohne schönen Ausblick, aber wir erzielten einen sehr guten Preis. Sodass wir im Haus vielerlei nachbessern konnten.«

»Und woher nehmen Sie das Personal, Madame?«

»Ach, das ist einfacher, als man denkt. Natürlich kann man nicht erwarten, so wie früher hinten und vorne bedient zu werden. Aber es kommen verschiedene Leute aus dem Dorf. Zwei Frauen morgens, zwei weitere kochen das Mittagessen und waschen ab, und abends kommen noch mal welche. Eine Menge Leute wollen ein paar Stunden am Tag hier arbeiten. Jetzt zu Weihnachten haben wir natürlich großes Glück. Meine liebe Mrs Ross kommt jedes Weihnachten. Sie ist eine wunderbare Köchin, wirklich erstklassig. Vor rund zehn Jahren setzte sie sich zur Ruhe, aber in Notfällen hilft sie hier immer aus. Und dann ist da noch der gute Peverell.«

»Ihr Butler?«

»Ja. Er ist im Ruhestand und lebt in dem kleinen Häuschen neben dem Pförtnerhaus, aber er ist uns so treu ergeben, dass er darauf besteht, uns zu Weihnachten bei Tisch aufzuwarten. Tatsächlich habe ich schreckliche Angst, Monsieur Poirot, denn er ist so alt und zittrig, dass er, wenn er etwas Schweres trägt, es garantiert fallen lässt. Es ist wirklich eine Qual, ihm zuzusehen. Und er hat ein schwaches Herz, und ich fürchte, dass er sich übernimmt. Aber wenn ich ihm verbieten würde herzukommen, wäre er furchtbar verletzt. Wenn er unser Silberbesteck sieht, rümpft er die Nase und druckst herum, und drei Tage später ist wieder alles tipptopp. Ja. Er ist ein guter, treuer Freund.« Sie lächelte Poirot an. »Sie sehen, alles ist bereit für eine fröhliche Weihnacht.

Und eine weiße Weihnacht«, fügte sie hinzu, als sie aus dem Fenster sah. »Sehen Sie? Es fängt an zu schneien. Ah, die Kinder kommen herein. Sie müssen sie kennenlernen, Monsieur Poirot.«

Poirot wurden, in aller Förmlichkeit, zuerst der Enkel Colin und sein Freund Michael vorgestellt, beides nette und höfliche fünfzehnjährige Schuljungen, der eine dunkelhaarig, der andere blond. Dann war Cousine Bridget an der Reihe, ein ungefähr gleichaltriges schwarzhaariges Mädchen, das vor Vitalität nur so strotzte.

»Und das hier ist meine Enkelin Sarah«, sagte Mrs Lacey.

Poirot blickte sie interessiert an. Sarah war ein attraktives Mädchen mit einer roten Mähne; sie wirkte frech und eine Spur trotzig, schien jedoch echte Zuneigung zu ihrer Großmutter zu empfinden.

»Und das ist Mr Lee-Wortley.«

Mr Lee-Wortley trug einen Fischerpullover und enge schwarze Jeans; sein Haar war recht lang, und es war nicht klar, ob er sich am Morgen rasiert hatte. Der junge Mann, der Poirot als David Welwyn vorgestellt wurde, war das genaue Gegenteil: Er war still und solide, trug ein freundliches Lächeln im Gesicht und hatte ganz offensichtlich ein suchtähnliches Verhältnis zu Wasser und Seife. Außerdem gehörte zu der Gruppe noch ein hübsches, etwas überspannt wirkendes Mädchen namens Diana Middleton.

Es wurde Tee serviert, dazu eine üppige Auswahl an Scones, Crumpets und Sandwiches sowie drei Sorten Kuchen. Die jüngere Generation wusste das Angebot zu schätzen. Colonel Lacey kam als Letzter herein und sagte in einem unverbindlichen Tonfall:

»He, Tee? O ja, Tee.«

Seine Gattin reichte ihm eine Tasse, er nahm sich zwei Scones, bedachte Desmond Lee-Wortley mit einem missbilligenden Blick und setzte sich so weit wie möglich von ihm weg. Er war ein stattlicher Mann mit buschigen Augenbrauen und einem roten, wettergegerbten Gesicht. Man hätte ihn eher für einen Bauern als für einen Gutsherrn halten können.

»Hat angefangen zu schneien«, sagte er. »Es gibt doch noch eine weiße Weihnacht.«

Nach dem Tee ging man auseinander.

»Ich schätze, jetzt gehen die Kinder mit ihren Tonbandgeräten spielen«, sagte Mrs Lacey zu Poirot und blickte ihrem Enkel nachsichtig hinterher. Es klang wie: »Jetzt gehen die Kinder mit ihren Zinnsoldaten spielen.«

»Sie sind natürlich technisch schrecklich begabt«, fügte sie hinzu, »ganz grandios.«

Allerdings entschlossen sich die Jungen und Bridget, zum See zu gehen und zu sehen, ob das Eis schon zum Schlittschuhlaufen taugte.

»Ich dachte schon heute Morgen, wir könnten Schlittschuh laufen«, sagte Colin. »Aber der alte Hodgkins sagte Nein. Er ist immer so furchtbar vorsichtig.«

»Komm, David, wir gehen spazieren«, sagte Diana Middleton leise.

David zögerte den Bruchteil einer Sekunde, den Blick auf Sarahs roten Wuschelkopf gerichtet. Sie stand neben Desmond Lee-Wortley, die Hand auf seinen Arm gelegt, und sah zu ihm auf.

»Na gut«, sagte David Welwyn, »ja, gehen wir.«

Diana hakte sich schnell bei ihm unter, und die beiden gingen zu der Tür, die in den Garten führte.

»Sollen wir auch spazieren gehen, Desmond?«, fragte Sarah. »Hier im Haus ist es fürchterlich stickig.«

»Wer will schon einen Spaziergang machen?«,

erwiderte Desmond. »Ich hole meinen Wagen. Wir fahren zum Speckled Boar und trinken etwas.«

Sarah zögerte einen Augenblick, ehe sie sagte:

»Lass uns zum White Hart in Market Ledbury fahren. Da ist immer viel mehr Stimmung.«

Obwohl sie es um nichts in der Welt in Worte gefasst hätte, hegte Sarah eine instinktive Abneigung dagegen, mit Desmond in den Dorf-Pub zu gehen. Das verstieß irgendwie gegen die Tradition von Kings Lacey. Die Frauen von Kings Lacey frequentierten das Speckled Boar einfach nicht. Sie hatte das unbestimmte Gefühl, ein Besuch dort hätte den alten Colonel Lacey und seine Frau sehr enttäuscht. »Na und, was macht das schon?«, hätte Desmond Lee-Wortley gesagt. Einen Augenblick lang war Sarah ungehalten, weil sie fand, dass er das eigentlich wissen müsste! Wenn es sich irgendwie vermeiden ließ, tat man so lieben alten Menschen wie Großvater und Em einfach nicht weh. Es war wirklich sehr großzügig von ihnen, sie ihr eigenes Leben leben zu lassen und zu akzeptieren, dass sie in Chelsea wohnen wollte, obwohl die beiden es überhaupt nicht verstehen konnten. Das hatte sie natürlich Em zu verdanken. Großvater hätte sonst was für ein Theater gemacht.

Über die Einstellung ihres Großvaters machte sich Sarah keine Illusionen. Es war nicht seine Idee gewesen, Desmond nach Kings Lacey einzuladen, sondern Ems. Em war ein echter Schatz, schon immer gewesen.

Während Desmond seinen Wagen holte, streckte Sarah noch einmal kurz den Kopf zur Tür des Salons herein.

»Wir fahren rüber nach Market Ledbury«, sagte sie. »Wir dachten, wir gehen im White Hart einen trinken.«

In ihrer Stimme lag ein Anflug von Trotz, den Mrs Lacey aber nicht zu bemerken schien.

»Gut, Liebling«, sagte sie. »Das wird sicher sehr nett. David und Diana sind, wie ich sehe, spazieren gegangen. Das freut mich wirklich. Ich glaube, Diana zu uns einzuladen war ein richtiger Geistesblitz von mir. Wie traurig, in so jungen Jahren schon Witwe zu werden – mit einundzwanzig! Ich hoffe, sie heiratet bald wieder.«

Sarah sah sie scharf an. »Was führst du da im Schilde, Em?«

»Ich habe einen kleinen Plan«, sagte Mrs Lacey vergnügt. »Ich glaube, sie ist genau die Richtige für

David. Ich weiß natürlich, dass er furchtbar verliebt in dich war, meine liebe Sarah, aber du hattest ja keine Verwendung für ihn, und inzwischen ist mir klar geworden, dass er einfach nicht dein Typ ist. Aber ich möchte nicht, dass er weiterhin unglücklich ist, und ich glaube, Diana passt wirklich gut zu ihm.«

»Du bist ja eine regelrechte Kupplerin, Em.«

»Ich weiß. Wir alten Frauen sind nun mal so. Ich glaube, Diana ist schon ziemlich angetan von ihm. Findest du nicht, dass sie genau die Richtige für ihn wäre?«

»Das würde ich nicht sagen«, entgegnete Sarah. »Ich glaube, Diana ist viel zu – na ja, zu überspannt, zu ernst. Ich würde denken, wenn David sie tatsächlich heiratet, wird er sich furchtbar langweilen.«

»Na, wir werden ja sehen«, sagte Mrs Lacey. »Du willst ihn doch auf keinen Fall, oder, Liebling?«

»Allerdings nicht«, erwiderte Sarah schnell. Dann fügte sie unvermittelt hinzu: »Du magst Desmond doch, oder, Em?«

»Er ist sicher sehr nett.«

»Großvater mag ihn nicht«, sagte Sarah.

»Nun, das kannst du wohl auch kaum von ihm

erwarten, oder?«, sagte Mrs Lacey nüchtern. »Allerdings könnte ich mir denken, dass er es sich anders überlegt, sobald er sich daran gewöhnt hat. Du darfst ihn aber nicht drängen, Liebes. Alte Leute ändern ihre Meinung nur langsam, und dein Großvater ist besonders halsstarrig.«

»Mir ist es egal, was Großvater denkt oder sagt. Ich heirate Desmond, wann ich will!«

»Ich weiß, Liebes, ich weiß. Aber versuch doch wenigstens, realistisch zu sein. Weißt du, dein Großvater könnte dir eine Menge Unannehmlichkeiten bereiten. Du bist noch nicht volljährig. In einem Jahr kannst du tun und lassen, was du willst. Ich nehme an, Horace wird es sich schon viel früher anders überlegt haben.«

»Du bist doch auf meiner Seite, oder?«, fragte Sarah. Sie schlang ihrer Großmutter die Arme um den Hals und gab ihr einen zärtlichen Kuss.

»Ich möchte, dass du glücklich bist«, sagte Mrs Lacey. »Ah, da ist dein junger Mann mit seinem Wagen. Weißt du, ich mag diese engen Hosen, die die jungen Männer heutzutage tragen. Sie sehen so schick aus – betonen allerdings X-Beine noch zusätzlich.«

Ja, dachte Sarah, Desmond hat tatsächlich X-Beine, das hatte sie bis dahin noch gar nicht bemerkt ...

»Na los, Liebes, viel Spaß«, sagte Mrs Lacey.

Sie sah Sarah hinterher, wie sie nach draußen zum Wagen ging, dann erinnerte sie sich an ihren ausländischen Gast und begab sich in die Bibliothek. Als sie zur Tür hineinblickte, sah sie jedoch, dass Hercule Poirot ein seliges Nickerchen machte, und ging schmunzelnd durch die Halle in die Küche, um noch einiges mit Mrs Ross zu besprechen.

»Komm, Süße«, sagte Desmond. »Macht deine Familie Stunk, weil du in einen Pub gehst? Die hinken hier Jahre hinterher, was?«

»Natürlich machen Sie kein Theater«, sagte Sarah scharf, während sie in den Wagen stieg.

»Weshalb ist dieser Ausländer eigentlich hier? Das ist ein Privatschnüffler, stimmt's? Was muss denn hier ausgeschnüffelt werden?«

»Oh, er ist nicht beruflich hier«, sagte Sarah. »Meine Großmutter, Edwina Morecombe, bat uns, ihn einzuladen. Ich glaube, er ist schon lange im Ruhestand.«

»Klingt, als wäre er ein altersschwacher Droschkengaul.«

»Ich glaube, er wollte mal ein traditionelles englisches Weihnachten miterleben«, sagte Sarah vage.

Desmond lachte verächtlich. »Das ist doch alles
absoluter Schwachsinn«, sagte er. »Ich kapiere nicht,
wie du das aushältst.«

Sarah warf ihre roten Haare zurück und hob ag-
gressiv das Kinn.

»Mir gefällt es!«, sagte sie trotzig.

»Das ist doch nicht dein Ernst, Süße. Lass uns
die ganze Sache morgen abbrechen. Und nach Scar-
borough fahren oder so.«

»Das kann ich unmöglich tun.«

»Und warum nicht?«

»Oh, es würde ihre Gefühle verletzen.«

»Mumpitz! Im Grunde genommen macht dir
dieser kindische, sentimentale Quatsch doch auch
keinen Spaß.«

»Na ja, vielleicht nicht so richtig, aber …« Sarah
brach ab. Sie fühlte sich schuldig, denn ihr wurde
klar, dass sie sich auf die Festlichkeiten eigentlich
sehr freute. Ihr gefiel Weihnachten, doch sie schäm-
te sich, es vor Desmond zuzugeben. Weihnachten
und Familienleben, das war nicht gerade en vogue.
Einen Moment lang wünschte sie, Desmond wäre

nicht über Weihnachten hergekommen. Eigentlich wünschte sie sogar fast, Desmond wäre überhaupt nicht gekommen. In London machte es mit ihm viel mehr Spaß als hier zu Hause.

Inzwischen kehrten die Jungen und Bridget bereits wieder vom See zurück und diskutierten noch immer angelegentlich über die Möglichkeit, Schlittschuh zu laufen. Es waren bereits vereinzelte Schneeflocken gefallen, und ein Blick zum Himmel machte deutlich, dass es bald heftig schneien würde.

»Es wird die ganze Nacht schneien«, sagte Colin. »Ich wette, am Weihnachtsmorgen liegt hier mehr als ein halber Meter Schnee.«

Das waren erfreuliche Aussichten.

»Dann bauen wir einen Schneemann«, sagte Michael.

»Mein Gott«, erwiderte Colin, »das letzte Mal habe ich einen Schneemann gebaut – na ja, als ich vier war.«

»Ich glaube nicht, dass das unbedingt ein Kinderspiel ist«, sagte Bridget. »Ich meine, man muss schon wissen, wie es geht.«

»Wir könnten einen Monsieur Poirot aus Schnee

bauen«, schlug Colin vor. »Und ihm einen schwarzen Schnurrbart verpassen. In der Kiste mit den Kostümen ist einer.«

»Wisst ihr, ich kann mir überhaupt nicht vorstellen«, sagte Michael nachdenklich, »dass Monsieur Poirot jemals Detektiv gewesen ist. Ich kann mir überhaupt nicht vorstellen, dass er sich je verkleiden könnte.«

»Ich weiß«, sagte Bridget, »und man kann sich auch nicht vorstellen, dass er mit einer Lupe herumläuft und Spuren sucht und Schuhabdrücke misst.«

»Ich habe eine Idee«, sagte Colin. »Wir könnten eine Show für ihn abziehen!«

»Was denn für eine Show?«, fragte Bridget.

»Na ja, einen Mord für ihn inszenieren.«

»Das ist ja eine phantastische Idee«, sagte Bridget. »Du meinst eine Leiche im Schnee, so was?«

»Ja. Dann würde er sich hier zu Hause fühlen, oder?«

Bridget kicherte.

»So weit würde ich vielleicht nicht gehen.«

»Schnee«, sagte Colin, »wäre der ideale Rahmen. Eine Leiche und Fußspuren – wir müssen das wirklich sorgfältig planen und uns einen von Großvaters

Dolchen unter den Nagel reißen und ein bisschen Blut anrühren.«

Sie blieben stehen und unterhielten sich aufgeregt, ohne zu merken, dass es heftig zu schneien begann.

»In dem alten Schulzimmer steht ein Farbkasten. Damit könnten wir uns Blut zusammenmischen – karminrot, würde ich sagen.«

»Ich glaube, karminrot ist etwas zu hell«, warf Bridget ein. »Es sollte ein bisschen dunkler sein.«

»Wer will die Leiche sein?«, fragte Michael.

»Ich bin die Leiche«, erwiderte Bridget schnell.

»Ach, guck mal einer an«, sagte Colin. »Das war meine Idee.«

»Nein, nein«, sagte Bridget, »das muss ich machen. Es muss ein Mädchen sein. Das ist viel spannender. Ein hübsches Mädchen, das leblos im Schnee liegt.«

»Ein hübsches Mädchen! Aha«, sagte Michael spöttisch.

»Außerdem habe ich schwarze Haare«, fügte Bridget hinzu.

»Und was hat das damit zu tun?«

»Na ja, die sieht man im Schnee besonders gut, und dazu ziehe ich meinen roten Pyjama an.«

»Wenn du einen roten Pyjama anhast, sieht man die Blutspritzer nicht«, wandte der praktisch denkende Michael ein.

»Aber er würde im Schnee so gut aussehen«, sagte Bridget, »und er hat weiße Aufschläge, weißt du, da könnte doch das Blut drauf sein. Mann, das wird doch phantastisch aussehen, oder? Meint ihr, er fällt wirklich darauf herein?«

»Wenn wir es klug anstellen, ja«, sagte Michael. »Es kommen nur deine Fußspuren in den Schnee und dann noch die von einer anderen Person, und die führen nur zur Leiche hin und wieder weg – das müssen natürlich die Schuhabdrücke von einem Mann sein. Die wird er nicht zertreten wollen, weshalb er sicher auch nicht merkt, dass du gar nicht wirklich tot bist. Ihr glaubt doch nicht«, plötzlich kam ihm ein Gedanke und er unterbrach sich. »Ihr glaubt doch nicht, dass er wütend wird, oder?«

»Ach, das glaube ich nicht«, sagte Bridget leichthin. »Ich bin mir sicher, er versteht, dass wir ihn nur unterhalten wollten. Eine Art Weihnachtsgeschenk.«

»Ich glaube nicht, dass wir es am Weihnachtstag machen sollten«, sagte Colin nachdenklich. »Ich glaube nicht, dass Großvater das besonders gefallen würde.«

»Dann also am zweiten Feiertag«, sagte Bridget.

»Der zweite Feiertag wäre genau richtig«, meinte Michael.

»Dann haben wir auch mehr Zeit«, fuhr Bridget fort. »Schließlich müssen wir noch eine Menge vorbereiten. Kommt, wir sehen uns mal die ganzen Requisiten an.«

Sie liefen ins Haus.

Am Abend ging es geschäftig zu. Man hatte große Mengen von Stechpalmen und Mistelzweigen ins Haus gebracht, und am hinteren Ende des Speisezimmers war ein Weihnachtsbaum aufgestellt worden. Alle halfen dabei, ihn zu schmücken, die Stechpalmenzweige hinter die Gemälde zu stecken und die Mistelzweige an eine passende Stelle in der Halle zu hängen.

»Ich hatte keine Ahnung, dass etwas derart Archaisches überhaupt noch praktiziert wird«, murmelte Desmond Sarah feixend zu.

»Wir haben es immer so gemacht«, sagte Sarah abwehrend.

»Das ist ja ein großartiger Grund!«

»Ach komm, das wird langsam langweilig, Desmond. Mir macht es Spaß.«

»Sarah, meine Süße, das ist doch nicht dein Ernst!«

»Na ja, vielleicht – vielleicht nicht so richtig, aber – irgendwie schon.«

»Wer trotzt dem Schnee und geht zur Mitternachtsmesse?«, erkundigte sich Mrs Lacey zwanzig Minuten vor zwölf.

»Ich nicht«, sagte Desmond. »Komm, Sarah.«

Er legte ihr die Hand auf den Arm, führte sie in die Bibliothek und ging zum Plattenspieler.

»Alles hat seine Grenzen, Süße«, sagte er. »Zur Mitternachtsmesse!«

»Ja«, sagte Sarah. »Allerdings.«

Unter lautem Gelächter und großem Getöse zogen die meisten anderen ihre Mäntel an und brachen auf. Die beiden Jungen, Bridget, David und Diana machten sich auf den Weg zur Kirche, zehn Minuten durch dicht fallenden Schnee. Ihr Lachen verklang in der Ferne.

»Mitternachtsmesse!«, schnaubte Colonel Lacey. »Bin in meiner Jugend nie zur Mitternachtsmesse gegangen. Messe, wenn ich das schon höre! Papistisches Zeug! Oh, ich bitte um Verzeihung, Monsieur Poirot.«

Poirot winkte ab. »Kein Problem. Lassen Sie sich durch mich nicht stören.«

»Morgenandachten sollten doch wohl reichen, würde ich sagen. Ein ordentlicher Sonntagmorgengottesdienst. *Hark! The Herald Angels Sing* und die ganzen anderen alten Weihnachtslieder. Und dann ab zum Weihnachtsessen. Stimmt doch, oder, Em?«

»Ja, Liebling«, antwortete Mrs Lacey. »So machen wir es. Aber den jungen Leuten gefällt die Mitternachtsmesse. Und eigentlich ist es doch gut, dass sie tatsächlich in die Kirche gehen.«

»Sarah und dieser Kerl, die wollen allerdings nicht gehen.«

»Also, Liebling, da irrst du dich, glaube ich«, sagte Mrs Lacey. »Du weißt genau, dass Sarah gehen wollte, sie wollte es nur nicht zugeben.«

»Ist mir ein Rätsel, warum sie etwas auf die Meinung dieses Burschen gibt.«

»Sie ist noch sehr jung«, erwiderte Mrs Lacey bedächtig. »Gehen Sie zu Bett, Monsieur Poirot? Gute Nacht. Ich hoffe, Sie schlafen gut.«

»Und Sie, Madame? Sie gehen noch nicht zu Bett?«

»Noch nicht«, sagte Mrs Lacey. »Wissen Sie, ich muss ja noch die Weihnachtsstrümpfe füllen. Ach, ich weiß, die Kinder sind alle praktisch erwachsen, aber ihre Weihnachtsstrümpfe, die mögen sie trotzdem. Da kommen witzige Sachen hinein. Lustige Kleinigkeiten. Die aber für eine Menge Spaß sorgen.«

»Sie geben sich sehr viel Mühe, damit in diesem Haus über Weihnachten alle glücklich sind«, sagte Poirot. »Ich bewundere Sie.«

Mit einer vornehmen Geste führte er ihre Hand an seine Lippen.

»Hm«, brummte Colonel Lacey, als Poirot sich entfernte. »Affektierter Kerl. Aber trotzdem, er weiß dich zu schätzen.«

Mrs Lacey schenkte ihm ihr Grübchen-Lächeln. »Ist dir aufgefallen, Horace, dass ich direkt unter den Mistelzweigen stehe?«, fragte sie mit der scheuen Zurückhaltung eines neunzehnjährigen Mädchens.

Hercule Poirot betrat sein Zimmer. Es war geräumig und großzügig mit Heizkörpern ausgestattet. Auf dem Weg zu dem großen Himmelbett bemerkte er einen Umschlag auf seinem Kopfkissen. Er öffnete ihn und zog ein Blatt Papier heraus. Darauf stand in krakeligen Großbuchstaben:

ESSEN SIE NIE UND NIMMER
NICHT VON DEM PLUMPUDDING.
JEMAND, DER ES GUT MIT IHNEN
MEINT.

Hercule Poirot starrte die Nachricht an. Seine Augenbrauen fuhren in die Höhe. »Kryptisch«, murmelte er, »und vollkommen unerwartet.«

Das Weihnachtsessen begann um 14 Uhr und war in der Tat ein Festmahl. In dem großen Kamin prasselten gewaltige Holzscheite munter vor sich hin, ein Prasseln, das von einem lauten Stimmengewirr übertönt wurde. Es hatte Austernsuppe gegeben und zwei riesengroße Truthähne waren serviert, vertilgt und als Gerippe wieder abgetragen worden. Und dann der absolute Höhepunkt: Feierlich wurde der Plumpudding hereingebracht! Dem alten Peverell mit seinen achtzig Jahren zitterten vor Schwäche die Hände und Knie, und trotzdem durfte niemand anders den Plumpudding tragen. Mrs Lacey saß da und hielt die Hände nervös zusammengepresst. Irgendwann würde, da war sie sich sicher, Peverell an Weihnachten tot umfallen. Vor die Wahl gestellt, entweder das Risiko einzugehen, dass er tot umfiel, oder seine Gefühle derart zu verletzen, dass er selbst wahrscheinlich lieber tot als lebendig wäre, hatte sie sich bisher für die erste Variante entschieden. Wie ein großer Fußball ruhte der Plumpudding in seiner ganzen Pracht auf einer riesigen Silberplatte. Oben im Pudding steckte, einer Siegesfahne gleich, ein Stechpalmenzweig, und rundherum züngelten herrliche blaurote Flammen empor. Es gab Beifallsrufe und bewundernde Aahs und Oohs.

Eine Vorsichtsmaßnahme hatte Mrs Lacey allerdings doch ergriffen: Sie hatte Peverell angewiesen, den Pudding, statt ihn herumzureichen, vor ihr niederzusetzen, sodass sie ihn austeilen konnte. Erleichtert atmete sie auf, als er sicher vor ihr stand. Rasch wurden die Teller mit dem flambierten Pudding weitergereicht.

»Wünschen Sie sich etwas, Monsieur Poirot«, rief Bridget. »Schnell, bevor die Flamme ausgeht. Los, Oma, beeil dich.«

Zufrieden lehnte sich Mrs Lacey zurück. Das

Unternehmen »Pudding« war ein voller Erfolg. Vor jedem stand eine Portion, an der noch immer Flammen leckten. Einen Augenblick herrschte absolute Stille am Tisch, während sich jeder intensiv etwas wünschte.

So nahm niemand Monsieur Poirots recht eigenartigen Gesichtsausdruck wahr, als er die Portion auf dem Teller vor sich begutachtete. ›*Essen Sie nie und nimmer nicht von dem Plumpudding.*‹ Was in aller Welt hatte diese düstere Warnung zu bedeuten? Seine Portion konnte sich doch durch nichts von denen der anderen unterscheiden! Er musste sich eingestehen, dass er verwirrt war – ein Eingeständnis, das Hercule Poirot schwerfiel. Seufzend nahm er Gabel und Löffel zur Hand.

»Brandy-Butter, Monsieur Poirot?«

Genüsslich bediente sich Poirot.

»Hast wohl wieder meinen besten Brandy stibitzt, was, Em?«, tönte der Colonel gut gelaunt vom anderen Ende des Tisches. Mrs Lacey zwinkerte ihm zu.

»Mrs Ross beharrt darauf, nur den allerbesten Brandy zu verwenden, Liebling«, erwiderte sie. »Sie meint, das mache den entscheidenden Unterschied aus.«

»Na ja«, sagte Colonel Lacey, »es ist ja nur einmal im Jahr Weihnachten, und Mrs Ross ist eine großartige Frau. Eine großartige Frau und eine großartige Köchin.«

»Allerdings«, sagte Colin. »Ein fabelhafter Plumpudding ist das – mmh.« Genießerisch nahm er einen weiteren Happen.

Bedächtig, fast schon vorsichtig, machte sich Hercule Poirot über seine Puddingportion her. Er nahm einen Mundvoll. Es war köstlich! Er aß noch einen Bissen. Irgendetwas auf seinem Teller klapperte leise. Er untersuchte es mit der Gabel. Bridget zu seiner Linken kam ihm zu Hilfe.

»Da liegt irgendetwas, Monsieur Poirot«, sagte sie. »Was das wohl ist?«

Poirot löste einen kleinen silbernen Gegenstand von den Rosinen, die an ihm klebten.

»Oooh«, sagte Bridget, »das ist ja der Junggesellenknopf! Monsieur Poirot hat den Junggesellenknopf!«

Hercule Poirot tauchte den kleinen silbernen Knopf in das Fingerschälchen, das neben seinem Teller stand, und wusch die Puddingkrumen ab.

»Er ist sehr hübsch«, stellte er fest.

»Das bedeutet, dass Sie Junggeselle bleiben, Monsieur Poirot«, erklärte Colin ihm zuvorkommend.

»Das war auch nicht anders zu erwarten«, sagte Poirot ernst. »Ich bin schon seit so vielen Jahren Junggeselle, da ist es unwahrscheinlich, dass sich das plötzlich ändert.«

»Ach, nur nicht aufgeben«, sagte Michael. »Ich habe neulich in der Zeitung gelesen, dass ein Fünfundneunzigjähriger ein zweiundzwanzigjähriges Mädchen geheiratet hat.«

»Du machst mir Mut«, sagte Hercule Poirot.

Plötzlich schrie Colonel Lacey auf. Sein Gesicht lief hochrot an, und er griff sich an den Mund.

»Verflixt noch mal, Emmeline«, brüllte er, »warum in aller Welt erlaubst du es der Köchin eigentlich, Glas in den Pudding zu tun?«

»Glas!«, rief Mrs Lacey fassungslos.

Colonel Lacey nahm das Objekt seiner Verärgerung aus dem Mund. »Hätte mir einen Zahn abbrechen oder das verdammte Ding runterschlucken und eine Blinddarmentzündung bekommen können«, knurrte er.

Er legte das Stück Glas in sein Fingerschälchen und wusch es ab.

»Du lieber Gott«, stieß er aus. »Das ist so ein roter Klunker aus einem Knallbonbon.« Er hielt ihn hoch.

»Gestatten Sie?«

Äußerst geschickt streckte Monsieur Poirot den Arm an seinem Tischnachbarn vorbei aus, nahm Colonel Lacey den Stein aus der Hand und sah ihn sich aufmerksam an. Genau wie der Hausherr gesagt hatte, handelte es sich um einen riesigen rubinroten Stein. Als Poirot ihn zwischen den Fingern drehte, funkelten die Facetten nur so im Licht. Irgendwo am Tisch wurde ein Stuhl heftig zurückgestoßen und dann wieder herangezogen.

»Mensch!«, rief Michael. »Wäre das toll, wenn der echt wäre.«

»Vielleicht ist er ja echt«, sagte Bridget voller Hoffnung.

»Red keinen Quatsch, Bridget. Ein Rubin von der Größe wäre doch Tausende und Abertausende von Pfund wert. Stimmt's, Monsieur Poirot?«

»In der Tat«, sagte Poirot.

»Was ich allerdings nicht verstehe«, sagte Mrs Lacey, »ist, wie dieser Stein in den Pudding gekommen ist.«

»Oooh«, sagte Colin, durch seinen letzten Happen abgelenkt, »ich habe das Schwein gekriegt. Das ist ungerecht.«

Sofort sang Bridget los: »Colin hat das Schwein! Colin hat das Schwein! Colin ist ein gefräßiges, verfressenes Schwein!«

»Ich habe den Ring«, sagte Diana mit ihrer klaren, hohen Stimme.

»Schön für dich, Diana. Du wirst von uns allen als Erste heiraten.«

»Ich habe den Fingerhut«, jammerte Bridget.

»Bridget wird eine alte Jungfer«, sangen die beiden Jungen. »O ja, Bridget wird eine alte Jungfer.«

»Wer hat das Geld bekommen?«, fragte David. »In dem Pudding ist ein richtiges Zehnshillingstück aus Gold. Das weiß ich genau. Mrs Ross hat es mir erzählt.«

»Ich glaube, ich bin der Glückspilz«, sagte Desmond Lee-Wortley.

»Ja, das sieht Ihnen ähnlich«, hörten Colonel Laceys beiden Tischnachbarn ihn murmeln.

»Ich habe auch einen Ring«, sagte David. Er sah zu Diana hinüber. »Ein ganz schöner Zufall, was?«

Die Heiterkeit hielt an. Kein Mensch merkte, dass Monsieur Poirot den roten Stein unbekümmert und wie in Gedanken versunken in seine Tasche hatte gleiten lassen.

Nach dem Pudding gab es Mince Pies und weihnachtliche Nachspeisen. Die älteren Herrschaften zogen sich daraufhin zu einer willkommenen Mittagsruhe zurück, ehe zur Teestunde die Lichter am Weihnachtsbaum angezündet werden würden. Hercule Poirot hielt allerdings keine Mittagsruhe. Vielmehr begab er sich in die riesige altmodische Küche.

»Es ist doch gestattet«, sagte er und blickte sich freudestrahlend um, »dass ich der Köchin zu diesem herrlichen Gericht gratuliere, das ich soeben zu mir genommen habe?«

Es entstand eine kurze Pause, dann kam Mrs Ross mit der Würde einer Bühnenherzogin gemessenen Schrittes auf ihn zu und begrüßte ihn. Sie war groß und stattlich. Zwei hagere grauhaarige Frauen wuschen weiter hinten in der Spülküche ab, und ein flachsblondes Mädchen ging ständig zwischen der Spülküche und der Küche hin und her. Diese drei waren jedoch eindeutig einfache Handlangerinnen. Die Königin des Küchenbereichs war Mrs Ross.

»Ich freue mich, dass es Ihnen geschmeckt hat, Sir«, sagte sie zuvorkommend.

»Geschmeckt, und wie!«, rief Hercule Poirot. Mit einer extravaganten fremdländischen Geste führte er seine Hand an die Lippen, küsste sie und blies den Kuss in Richtung Decke. »Sie sind ein Genie, Mrs Ross! Ein Genie! Noch nie habe ich ein so wunderbares Essen genießen dürfen. Die Austernsuppe«, er schnalzte genießerisch mit der Zunge, »und die Füllung. Die Kastanienfüllung in dem Truthahn, die war nach meiner Erfahrung einzigartig.«

»Nun, es ist lustig, dass Sie das sagen, Sir«, erwiderte Mrs Ross freundlich. »Diese Füllung, das ist ein ganz besonderes Rezept. Ein österreichischer Küchenchef, für den ich vor vielen Jahren gearbeitet habe, hat es mir verraten. Aber alles andere«, fügte sie hinzu, »ist gutbürgerliche englische Küche.«

»Kann man sich etwas Besseres wünschen?«, fragte Hercule Poirot.

»Nun, das ist sehr nett von Ihnen, Sir. Als Ausländer hätten Sie natürlich vielleicht die kontinentale Küche bevorzugt. Nicht, dass ich keine kontinentalen Gerichte hinbekäme.«

»Ich bin mir sicher, Mrs Ross, Sie bekommen alles hin! Aber Sie müssen wissen, dass die englische Küche – die gute englische Küche, nicht das, was man in zweitklassigen Hotels oder Restaurants geboten bekommt – von Gourmets auf dem Kontinent sehr geschätzt wird, und ich glaube, ich gehe recht in der Annahme, dass im frühen neunzehnten Jahrhundert extra eine Expedition nach London unternommen und dann ein Bericht über die Wunder der englischen Puddinge nach Frankreich zurückgeschickt wurde. ›So etwas haben wir in Frankreich überhaupt nicht‹, stand dort geschrieben. ›Allein schon um die verschiedenen exzellenten Puddinge zu kosten, ist London eine Reise wert.‹ Und an erster Stelle unter allen Puddingen«, fuhr Poirot fort, der sich jetzt regelrecht in eine Schwärmerei hineingesteigert hatte, »steht der weihnachtliche Plumpudding, den wir heute gegessen haben. Das war doch ein selbst gemachter Pudding, oder? Kein gekaufter?«

»Allerdings, Sir. Wie schon seit vielen Jahren, von mir selbst nach meinem ureigenen Rezept zubereitet. Als ich herkam, meinte Mrs Lacey, sie habe, um mir die Mühe zu ersparen, in einem Londoner Geschäft einen Pudding bestellt. Aber nicht doch, Madam, sagte ich, das ist zwar sehr nett gemeint, aber ein gekaufter Pudding reicht nie an einen selbst gemachten Plumpudding heran. Wohlgemerkt«, sagte Mrs Ross, eine wahre Kochkünstlerin, die sich jetzt für ihr Thema erwärmte, »wurde er diesmal zu spät zubereitet. Ein guter Plumpudding sollte mehrere Wochen vor dem Fest gekocht werden und dann durchziehen können. Je länger er lagert – solange es sich in einem vernünftigen Rahmen hält –, desto besser. Ich weiß noch, als ich ein Kind war und wir jeden Sonntag in die Kirche gingen, haben wir immer aufgepasst, wann das Kollektengebet mit den Worten ›Biete deine Macht auf, o Herr, und komm, wir bitten dich‹ begann, denn das war sozusagen das Zeichen dafür, dass in genau dieser Woche die Puddinge zubereitet werden sollten. Und so war es auch jedes Jahr. Wenn wir am Sonntag dieses Kollektengebet hörten, begann meine Mutter während der Woche ganz sicher, die Plumpuddinge zuzubereiten. Und dieses Jahr sollte es auch wieder so sein. In Wirklichkeit wurde dieser Pudding aber erst vor drei Tagen gemacht, einen Tag vor Ihrer Ankunft, Sir. Trotzdem hielt ich mich an den alten Brauch. Alle mussten in die Küche kommen, den Teig einmal umrühren und sich dabei etwas wünschen. Das ist ein alter Brauch, Sir, den ich immer hochgehalten habe.«

»Höchst interessant«, sagte Hercule Poirot. »Höchst interessant. Dann sind also alle hierher in die Küche gekommen?«

»Ja, Sir. Der junge Herr, Miss Bridget und der Gentleman aus London, der hier übernachtet, sowie seine Schwester und Mr David und Miss Diana – besser gesagt, Mrs Middleton – ja, jeder hat einmal umgerührt.«

»Wie viele Puddinge haben Sie denn gekocht? War das der einzige?«

»Nein, Sir, ich habe vier gemacht. Zwei große und zwei kleinere. Den anderen großen wollte ich Neujahr servieren, und die beiden kleineren sind für Colonel und Mrs Lacey, wenn sie wieder allein sind und nicht mehr so viele Familienangehörige um sich haben.«

»Verstehe, verstehe«, sagte Poirot.

»Genau genommen, Sir«, sagte Mrs Ross, »haben Sie heute zum Mittag den falschen Pudding gegessen.«

»Den falschen Pudding?« Poirot runzelte die Stirn. »Wie das?«

»Nun, Sir, wir haben eine große Plumpudding-Form aus Porzellan, mit einem Stechpalmen- und

Mistelmotiv obendrauf. Darin wird immer der Pudding für den Weihnachtstag gekocht. Allerdings ist uns ein höchst bedauerliches Missgeschick passiert. Als Annie ihn heute Morgen aus dem Regal in der Vorratskammer holte, rutschte sie aus, und die Form fiel auf die Erde und zerbrach. Nun, Sir, diesen Pudding konnte ich natürlich nicht servieren lassen, nicht wahr? Da hätten schließlich Splitter drin sein können. Deshalb mussten wir den anderen nehmen – den Neujahrspudding, der sich in einer ganz normalen Schüssel befand. Darin wird er zwar schön rund, aber es sieht nicht so festlich aus wie in der Weihnachtsform. Wo wir noch einmal so eine schöne Form herbekommen sollen, ist mir wirklich ein Rätsel. In der Größe wird so etwas doch gar nicht mehr hergestellt. Heutzutage gibt es nur noch so klitzekleines Zeug. Man bekommt doch nicht mal mehr eine vernünftige Frühstücksplatte, auf die acht bis zehn Eier mit Speck passen. Ach ja, nichts ist mehr so, wie es früher war.«

»Allerdings nicht«, sagte Poirot. »Aber der heutige Tag bildet da eine Ausnahme. Dieser Weihnachtstag ist doch ganz so wie in den alten Zeiten, oder etwa nicht?«

Mrs Ross seufzte. »Nun, ich freue mich, dass Sie das sagen, Sir, aber ich habe natürlich nicht mehr so gute Hilfen wie früher. Qualifizierte Hilfen, meine ich. Die Mädchen heutzutage« – hier senkte sie ein wenig die Stimme –, »die meinen es zwar alle sehr gut und zeigen viel guten Willen, aber sie sind eben nicht ausgebildet, wenn Sie verstehen, was ich meine.«

»Ja, die Zeiten ändern sich«, sagte Hercule Poirot. »Auch mich stimmt es manchmal traurig.«

»Wissen Sie, Sir«, fuhr Mrs Ross fort, »dieses Haus ist zu groß für die Herrin und den Colonel. Und die Herrin weiß das auch. Nur in einer Ecke des Hauses zu leben, wie die beiden es tun, ist einfach nicht dasselbe. Eigentlich könnte man sagen, kommt nur Leben ins Haus, wenn sich die ganze Familie zu Weihnachten hier versammelt.«

»Soweit ich weiß, sind Mr Lee-Wortley und seine Schwester zum ersten Mal hier?«

»Ja, Sir.« Mrs Ross' Stimme klang jetzt etwas reservierter. »Er ist ein sehr netter Gentleman, wirklich, aber, na ja – wir finden alle, er passt nicht zu Miss Sarah. Aber in London herrschen eben andere Sitten! Es ist schon traurig, dass es seiner Schwester so schlecht geht. Musste sogar operiert werden, die Ärmste. Am ersten Tag hier schien es ihr ganz gut zu gehen, aber nachdem wir dann alle den Teig umgerührt hatten, wurde es plötzlich wieder schlimmer, und seitdem liegt sie die ganze Zeit im Bett. Wahrscheinlich ist sie zu früh nach der Operation aufgestanden. Ach, die Ärzte heutzutage, die entlassen einen doch aus dem Krankenhaus, ehe man überhaupt wieder richtig auf den Beinen ist. Die Frau meines Neffen ...« Mrs Ross hob zu einer langatmigen, temperamentvollen Schilderung der Krankenhausbehandlungen an, die ihren Verwandten zuteilgeworden waren und die im Vergleich zu der Aufmerksamkeit, mit der man sie früher überschüttet hatte, alles andere als gut abschnitten.

Poirot zeigte sich gebührend mitfühlend. »Jetzt bleibt mir nur noch«, sagte er schließlich, »Ihnen für dieses exquisite und lukullische Mahl zu danken. Sie erlauben doch, dass ich mich ein klein wenig erkenntlich zeige?« Eine nagelneue Fünfpfundnote wechselte den Besitzer, während Mrs Ross der Form halber sagte:

»Das ist aber wirklich nicht nötig, Sir.«

»Ich bestehe darauf. Ich bestehe darauf.«

»Nun, das ist ausgesprochen nett von Ihnen, Sir.« Mrs Ross nahm den Tribut entgegen, als stünde er ihr zu. »Und ich wünsche Ihnen ein frohes Weihnachtsfest, Sir, und ein erfolgreiches neues Jahr.«

Der Weihnachtstag endete, wie die meisten Weihnachtstage enden: Die Kerzen am Baum wurden angezündet, und zum Tee wurde ein herrlicher Weihnachtskuchen serviert, der zwar bewundert, dem aber nur mäßig zugesprochen wurde. Anschließend gab es ein kaltes Abendessen.

Sowohl Poirot als auch seine beiden Gastgeber gingen früh zu Bett.

»Gute Nacht, Monsieur Poirot«, sagte Mrs Lacey. »Ich hoffe, Sie haben sich gut unterhalten.«

»Das war ein wunderbarer Tag, Madame, ein wunderbarer Tag.«

»Sie sehen sehr nachdenklich aus«, sagte Mrs Lacey.

»Es ist der englische Pudding, über den ich mir Gedanken mache.«

»Sie fanden ihn vielleicht etwas schwer?«, erkundigte sich Mrs Lacey taktvoll.

»Nein, nein, ich meine nicht den gastronomischen Aspekt. Ich mache mir über seine Bedeutung Gedanken.«

»Die liegt natürlich in der Tradition begründet«, erwiderte Mrs Lacey. »Also, gute Nacht, Monsieur Poirot, und träumen Sie nicht allzu viel von Plumpuddingen und Mince Pies.«

»Ja«, murmelte Poirot, während er sich auszog. »Er ist auf jeden Fall ein Problem, dieser weihnachtliche Plumpudding. Es gibt da etwas, was ich überhaupt nicht verstehe.« Verärgert schüttelte er den Kopf. »Nun, wir werden sehen.«

Nachdem er gewisse Vorbereitungen getroffen hatte, legte sich Poirot ins Bett, allerdings nicht, um zu schlafen.

Nach etwa zwei Stunden wurde seine Geduld belohnt. Langsam und leise öffnete sich die Zimmertür. Er schmunzelte. Genau das hatte er erwartet. Flüchtig dachte er an die Kaffeetasse zurück, die Desmond Lee-Wortley ihm so höflich gereicht hatte. Als Desmond ihm kurz darauf den Rücken zudrehte, hatte Poirot die Tasse auf dem Tisch abgestellt. Ein paar Sekunden später hatte er sie scheinbar wieder in die Hand genommen und Desmond die Genugtuung verschafft, so es denn Genugtuung gewesen war, zu sehen, wie er den Kaffee bis auf den letzten Tropfen austrank. Als er sich vorstellte, dass jetzt nicht er, sondern jemand anders den Schlaf des Gerechten schlief, hob ein leises Lächeln seinen Schnurrbart. Dieser nette junge Mann David, sagte er sich, ist besorgt und unglücklich. Es wird ihm nichts schaden, wenn er eine Nacht tief und fest schläft. Und jetzt wollen wir mal sehen, was passiert.

Poirot lag regungslos da und atmete gleichmäßig ein und aus, wobei gelegentlich der Hauch, aber auch nur der Hauch eines Schnarchens zu hören war.

Jemand trat an sein Bett und beugte sich über ihn. Dann wandte sich dieser Jemand zufrieden ab und ging zur Frisierkommode hinüber. Im Licht einer winzigen Taschenlampe untersuchte der Besucher Poirots fein säuberlich auf der Kommode abgelegte Habseligkeiten. Finger durchstöberten seine Brieftasche, zogen vorsichtig die Schubladen der Frisierkommode auf und dehnten ihre Suche dann auf Poirots Anzugtaschen aus. Schließlich trat der Besucher erneut ans Bett und ließ mit größter Behutsamkeit eine Hand unter das Kopfkissen gleiten. Als er sie wieder zurückgezogen hatte, hielt er einen Moment inne, als wäre er unschlüssig, was er als Nächstes tun sollte. Er ging im Zimmer umher, inspizierte diverse Nippfiguren und begab sich dann ins angrenzende Badezimmer, aus dem er jedoch sofort wieder zurückkam. Mit einem leisen Fluch auf den Lippen verließ er das Zimmer.

»Ah«, murmelte Poirot vor sich hin. »Du hast die Enttäuschung. Ja, ja, die schwere Enttäuschung. Pah! Allein schon sich einzubilden, dass Hercule Poirot etwas so verstecken würde, dass du es findest!« Dann drehte er sich auf die andere Seite und schlief friedlich ein.

Am nächsten Morgen wurde er durch ein leises, nachdrückliches Klopfen an der Tür geweckt.

»*Qui est là?* Herein, herein.«

Die Tür ging auf. Auf der Schwelle stand, außer Atem und mit hochrotem Kopf, Colin, dahinter Michael.

»Monsieur Poirot, Monsieur Poirot.«

»Ja, bitte?« Poirot setzte sich im Bett auf. »Ist es der Frühaufstehertee? Aber nein. Du bist es, Colin. Was ist passiert?«

Colin hatte es für einen Moment die Sprache verschlagen. Eine starke Emotion schien ihn in der Gewalt zu haben. In Wirklichkeit war es jedoch der

Anblick der Schlafmütze auf Hercule Poirots Kopf, der seine Sprechwerkzeuge kurzzeitig lähmte. Dann fing er sich wieder und sagte:

»Ich glaube – Monsieur Poirot, könnten Sie uns helfen? Es ist etwas ziemlich Schlimmes passiert.«

»Es ist etwas passiert? Was denn?«

»Es geht, es geht um Bridget. Sie liegt draußen im Schnee. Ich glaube – sie bewegt sich nicht und sagt kein Wort und – ach, Sie sollten es sich selbst ansehen. Ich habe furchtbare Angst – vielleicht ist sie tot.«

»Was?« Poirot warf die Bettdecke zur Seite. »Mademoiselle Bridget – tot!«

»Ich glaube, ich glaube, jemand hat sie umgebracht. Da ist, da ist Blut und – so kommen Sie doch!«

»Aber sicher. Aber sicher. Ich komme in diesem Augenblick.«

Ganz pragmatisch schlüpfte Poirot sofort in seine Straßenschuhe und zog einen pelzgefütterten Mantel über den Schlafanzug.

»Ich komme«, sagte er. »Ich komme in diesem Moment. Du hast das Haus geweckt?«

»Nein. Nein, bis jetzt habe ich es nur Ihnen gesagt. Ich dachte, es wäre besser so. Großvater und

73

Oma sind noch nicht auf. Unten wird gerade der Frühstückstisch gedeckt, aber Peverell habe ich nichts gesagt. Sie, also Bridget, liegt auf der anderen Seite vom Haus, in der Nähe von der Terrasse und dem Fenster der Bibliothek.«

»Verstehe. Geh du vor. Ich folge dir auf dem Fuß.«

Colin drehte das Gesicht weg, um sein erfreutes Grinsen zu verbergen, und ging die Treppe hinunter voraus. Durch die Seitentür traten sie ins Freie. Es war ein klarer Morgen, die Sonne war gerade erst über dem Horizont aufgetaucht. Im Augenblick fiel kein Schnee, doch nachts hatte es kräftig geschneit, sodass ringsum eine dicke, unberührte Schneedecke lag. Die Welt sah sehr rein und weiß und schön aus.

»Da!«, sagte Colin atemlos. »Ich – es – da ist es!« Mit einer dramatischen Geste deutete er in eine bestimmte Richtung.

Der Anblick, der sich ihnen bot, war allerdings dramatisch. Wenige Meter entfernt lag Bridget im Schnee. Sie trug einen scharlachroten Schlafanzug und um die Schultern einen weißen Wollumhang, auf dem ein blutroter Fleck zu sehen war. Ihr Kopf war zur Seite gedreht, ihr Gesicht von ihren ausgebreiteten dichten schwarzen Haaren verdeckt. Ein Arm lag unter ihrem Körper, der andere war weit ausgestreckt, die Finger zur Faust geballt – und in der Mitte des blutroten Flecks ragte das Heft des großen geschwungenen kurdischen Dolchs hervor, den Colonel Lacey noch am Abend zuvor seinen Gästen gezeigt hatte.

»*Mon Dieu!*«, stieß Monsieur Poirot hervor. »Wie auf einer Bühne!«

Von Michael kam ein leiser, erstickter Laut. Colin sprang schnell in die Bresche.

»Ich weiß«, sagte er. »Es, es kommt einem irgendwie unwirklich vor, oder? Sehen Sie die Fußspuren – ich nehme an, die dürfen nicht zertrampelt werden.«

»Ah ja, die Fußspuren. Nein, wir müssen aufpassen, dass wir die Fußspuren nicht zerstören.«

»Das habe ich mir auch gedacht«, sagte Colin. »Deshalb wollte ich auch niemanden an sie heranlassen, bis wir Sie geholt hatten. Ich dachte, Sie würden wissen, was zu tun ist.«

»Aber trotzdem«, sagte Hercule Poirot energisch, »müssen wir zuerst nachsehen, ob sie noch lebt. Oder etwa nicht?«

»Nun – ja – natürlich«, sagte Michael etwas unsicher. »Aber sehen Sie, wir dachten – ich meine, wir wollten nicht ...«

»Ah, ihr habt die Vorsicht! Ihr habt die Detektivgeschichten gelesen. Es ist äußerst wichtig, dass nichts angerührt und an der Leiche nichts verändert wird. Aber wir wissen ja noch gar nicht genau, ob es überhaupt eine Leiche ist, nicht wahr? Denn obwohl die Vorsicht die Mutter der Porzellansicherheit ist, steht der Mensch doch an erster Stelle. Ehe wir an die Polizei denken, müssen wir an den Arzt denken, oder?«

»O ja. Natürlich«, sagte Colin, immer noch etwas verdattert.

»Wir dachten nur, ich meine, wir dachten, ehe wir irgendetwas tun, sollten wir zuerst Sie holen«, sagte Michael hastig.

»Dann bleibt ihr beide jetzt hier«, sagte Poirot. »Ich gehe von hinten an sie heran, damit ich diese Fußspuren nicht zerstöre. Was für herrliche Fußspuren, nicht wahr – so überdeutlich. Die Fußabdrücke eines Mannes und eines Mädchens, die zusammen zu der Stelle gingen, wo sie jetzt liegt. Und dann kommen die Spuren des Mannes zurück, die des Mädchens jedoch – nicht.«

»Das müssen die Fußspuren des Mörders sein«, sagte Colin mit angehaltenem Atem.

»Genau«, sagte Poirot. »Die Fußspuren des Mörders. Ein langer, schmaler Fuß in einem recht eigenartigen Schuh. Sehr interessant. Leicht zu identifizieren, glaube ich. Ja, diese Fußspuren sind sehr wichtig.«

In diesem Augenblick trat Desmond Lee-Wortley gemeinsam mit Sarah aus dem Haus und kam auf sie zu.

»Was in aller Welt geht denn hier vor?«, rief er theatralisch aus. »Ich habe es von meinem Zimmer aus gesehen. Was ist denn los? Mein Gott, was ist das denn? Das, das sieht ja aus wie …«

»Genau«, sagte Hercule Poirot. »Es sieht nach Mord aus, nicht wahr?«

Sarah stockte der Atem, dann warf sie den beiden Jungen einen kurzen, misstrauischen Blick zu.

»Sie meinen, jemand hat das Mädchen umgebracht – wie heißt sie noch mal – Bridget?«, fragte Desmond. »Wer in aller Welt hätte sie denn töten wollen? Das ist doch unglaublich!«

»Es gibt viele unglaubliche Dinge«, sagte Poirot. »Besonders vor dem Frühstück, nicht wahr? Das hat einer Ihrer modernen Klassiker gesagt. Sechs unmögliche Dinge vor dem Frühstück.« Dann fügte er hinzu: »Bitte warten Sie alle hier.«

Vorsichtig ging er um Bridget herum, trat an sie heran und beugte sich einen Moment lang über sie. Colin und Michael schüttelten sich mittlerweile vor unterdrücktem Lachen. Sarah, der es ähnlich ging, murmelte: »Was habt ihr da bloß wieder angestellt?«

»Die gute alte Bridget«, flüsterte Colin. »Ist sie nicht phantastisch? Keine Regung!«

»Ich habe noch nie etwas so Totes gesehen wie Bridget«, flüsterte Michael.

Hercule Poirot richtete sich auf.

»Das ist wirklich schrecklich«, sagte er. In seiner Stimme lag ein neuer Ton.

Um nicht prustend loszulachen, drehten sich Michael und Colin weg. Mit erstickter Stimme fragte Michael:

»Was, was sollen wir jetzt machen?«

»Es gibt nur eine Möglichkeit«, erwiderte Poirot. »Wir müssen die Polizei rufen. Geht einer von euch telefonieren, oder soll ich es tun?«

»Ich glaube«, sagte Colin, »ich glaube – was meinst du, Michael?«

»Ja«, sagte Michael, »ich glaube, das Spiel ist jetzt aus.« Er trat vor. Zum ersten Mal wirkte er ein wenig unsicher. »Es tut mir furchtbar leid«, sagte er, »ich hoffe, Sie nehmen es uns nicht allzu übel. Es, äh, es war eine Art Weihnachtsscherz und so, verstehen Sie. Wir dachten, wir – na ja, könnten einen Mord für Sie inszenieren.«

»Ihr dachtet, ihr könntet einen Mord für mich inszenieren? Dann ist, dann ist …«

»Das ist alles nur Theater«, erklärte Colin, »damit Sie sich hier wie zu Hause fühlen, verstehen Sie?«

»Aha«, sagte Hercule Poirot. »Verstehe. Sie schicken mich in den April, ja? Aber heute ist nicht der 1. April, sondern der 26. Dezember.«

»Wahrscheinlich hätten wir es nicht tun sollen«, sagte Colin, »aber, aber – Sie nehmen es uns doch nicht wirklich übel, oder, Monsieur Poirot? Komm jetzt, Bridget«, rief er, »steh auf. Du musst ja schon halb erfroren sein.«

Doch die Gestalt im Schnee rührte sich nicht.

»Seltsam«, sagte Hercule Poirot, »sie scheint dich nicht zu hören.« Er blickte sie nachdenklich an. »Du hast gesagt, das sei nur ein Scherz? Bist du dir sicher, dass es nur ein Scherz ist?«

»Aber klar doch.« Colins Stimme klang jetzt beklommen. »Wir, wir haben es nicht böse gemeint.«

»Aber warum steht Mademoiselle Bridget dann nicht auf?«

»Ich habe keine Ahnung«, sagte Colin.

»Komm, Bridget«, sagte Sarah ungeduldig. »Steh auf und mach dich nicht zum Narren.«

»Es tut uns wirklich sehr leid, Monsieur Poirot«, sagte Colin besorgt. »Wir entschuldigen uns von ganzem Herzen.«

»Ihr braucht euch nicht zu entschuldigen«, sagte Poirot in einem eigenartigen Tonfall.

»Was meinen Sie damit?« Colin starrte ihn an. Erneut wandte er sich an die Gestalt am Boden. »Bridget! Bridget! Was ist denn los? Warum steht sie nicht auf? Warum bleibt sie da einfach liegen?«

Poirot winkte Desmond herbei. »Sie, Mr Lee-Wortley. Kommen Sie mal …«

Desmond trat zu ihm.

»Fühlen Sie ihren Puls«, sagte Poirot.

Desmond Lee-Wortley beugte sich hinunter. Er ergriff ihren Arm, ihr Handgelenk.

»Da ist kein Puls …« Er starrte Poirot an. »Ihr Arm ist ganz steif. Mein Gott, sie ist wirklich tot!«

Poirot nickte. »Ja, sie ist tot«, sagte er. »Irgendjemand hat aus der Komödie eine Tragödie gemacht.«

»Irgendjemand – aber wer?«

»Es gibt ein Paar Fußspuren, die führen hin und wieder zurück. Fußspuren, die eine große Ähnlichkeit mit den Fußspuren haben, die Sie gerade hinterlassen haben, Mr Lee-Wortley, als Sie den Pfad verließen und hierherkamen.«

Desmond Lee-Wortley wirbelte herum.

»Was in aller Welt ... Wollen Sie mich beschuldigen? Mich? Sie sind doch verrückt! Warum in aller Welt hätte ich das Mädchen denn umbringen sollen?«

»Ah, warum? Warum wohl ... Lassen Sie uns mal überlegen ...«

Poirot bückte sich und löste sanft die steifen, zur Faust geballten Finger des Mädchens.

Desmond atmete scharf ein. Ungläubig blickte er nach unten. In der Hand des toten Mädchens lag etwas, das wie ein großer Rubin aussah.

»Das ist doch dieses verdammte Ding aus dem Pudding!«, rief er.

»Wirklich?«, fragte Poirot. »Sind Sie sich sicher?«

»Natürlich ist es das.«

Mit einer flinken Bewegung bückte Desmond sich und nahm den roten Stein aus Bridgets Hand an sich.

»Das hätten Sie nicht tun sollen«, sagte Poirot vorwurfsvoll. »Es sollte doch nichts angerührt werden.«

»Die Leiche habe ich ja auch nicht angerührt, oder? Aber dieses Ding könnte, könnte verloren gehen, und es ist ein Beweisstück. Das Wichtigste ist jetzt, dass die Polizei so schnell wie möglich herkommt. Ich rufe umgehend an.«

Er wirbelte herum und rannte zum Haus. Sofort trat Sarah zu Poirot.

»Ich verstehe das nicht«, flüsterte sie. Ihr Gesicht war totenblass. »Ich verstehe es nicht.« Sie ergriff Poirots Arm. »Wie meinten Sie das denn mit, mit den Fußspuren?«

»Sehen Sie selbst, Mademoiselle.«

Die Fußspuren, die zur Leiche hin und wieder zurück führten, waren die gleichen, die Desmond hinterlassen hatte, als er zu Poirot getreten war.

»Sie meinen – es war Desmond? Unsinn!«

Plötzlich hörte man in der eisigen Luft einen Automotor aufheulen. Alle wirbelten herum. Sie sahen, wie ein Wagen in rasendem Tempo die Auffahrt hinunterjagte, und Sarah erkannte sofort, wessen Auto es war.

»Das ist Desmond«, sagte sie. »Das ist Desmonds Wagen. Er, er fährt sicher zur Polizei, statt sie anrufen.«

Diana Middleton kam aus dem Haus zu ihnen gerannt.

»Was ist denn passiert?«, rief sie, nach Luft ringend. »Desmond kam gerade hereingestürmt. Er sagte irgendetwas von einem Mord an Bridget, und dann rüttelte er am Telefon, aber die Leitung war tot. Er bekam keine Verbindung. Er meinte, die Leitung müsse durchgeschnitten worden sein. Er sagte, es bleibe nichts anderes übrig, als mit dem Wagen zur Polizei zu fahren. Wieso denn zur Polizei?«

Poirot machte eine Handbewegung.

»Bridget?« Diana starrte ihn an. »Aber das ist doch wohl – eine Art Scherz? Ich habe da etwas gehört, gestern Abend. Ich dachte, sie wollten Ihnen einen Streich spielen, Monsieur Poirot?«

»Ja«, sagte Poirot, »das war ihr Plan – mir einen Streich zu spielen. Aber jetzt lassen Sie uns alle ins Haus zurückgehen. Sonst holen wir uns hier noch den Kältetod, und bis Mr Lee-Wortley mit der Polizei zurückkommt, können wir sowieso nichts tun.«

»Aber hören Sie«, sagte Colin, »wir können, wir können doch Bridget nicht einfach alleine hier liegen lassen.«

»Wenn du hierbleibst, hilft ihr das auch nicht«, sagte Poirot sanft. »Komm, das ist eine Tragödie, eine große Tragödie, aber wir können für Mademoiselle Bridget nichts mehr tun. Deshalb sollten wir jetzt hineingehen und uns aufwärmen und vielleicht eine Tasse Tee oder Kaffee trinken.«

Gehorsam folgten sie ihm ins Haus. Peverell wollte gerade den Gong schlagen. Sollte es ihm merkwürdig vorkommen, dass die meisten Hausbewohner draußen gewesen waren und Poirot in Schlafanzug und Mantel antanzte, so ließ er sich jedenfalls nichts anmerken. Selbst auf seine alten Tage war Peverell noch immer ein perfekter Butler. Er bemerkte nichts, was er nicht bemerken sollte. Sie gingen ins Speisezimmer und setzten sich. Als der Kaffee serviert war und jeder an seiner Tasse nippte, begann Poirot zu sprechen.

»Ich möchte Ihnen«, sagte er, »eine kleine Geschichte erzählen. Zwar nicht bis ins letzte Detail, nein, das geht nicht, aber doch in groben Zügen. Sie handelt von einem jungen Prinzen, der zu Besuch in dieses Land kam. Er brachte einen berühmten Edelstein mit, den er für seine zukünftige Frau neu fassen lassen wollte, doch leider machte er zuvor die Bekanntschaft einer sehr schönen jungen Dame. Diese schöne junge Dame machte sich nicht sehr viel aus ihm, dafür aber umso mehr aus seinem Edelstein – und zwar so viel, dass sie sich eines Tages mit diesem historischen Stück, das über Generationen im Besitz seiner Familie gewesen war, aus dem Staub machte. Und so steckte der arme junge Mann in einer Zwickmühle, verstehen Sie. Vor allem musste er einen Skandal vermeiden. Ausgeschlossen, die Polizei einzuschalten. Deshalb kommt er zu mir, zu Hercule Poirot. ›Bringen Sie mir‹, sagte er, ›meinen historischen Rubin zurück.‹ *Eh bien*, diese junge Dame hat einen Freund, und dieser Freund hat bereits mehrere äußerst dubiose Geschäfte gemacht. Er war in eine Erpressung verwickelt und am Verkauf von Juwelen ins Ausland beteiligt. Aber er ist immer sehr clever gewesen. Ja, man verdächtigt ihn, aber es gibt keine Beweise. Es kommt mir zu Ohren, dass dieser äußerst clevere Gentleman das Weihnachtsfest hier in diesem Haus verbringen wird. Es ist wichtig, dass die schöne junge Frau, nachdem sie den Edelstein an sich genommen hat, eine Zeit lang aus dem Verkehr gezogen wird, damit man sie nicht unter Druck setzen, ihr keine Fragen stellen kann. Deshalb wird es so eingerichtet, dass sie hierherkommt, nach Kings Lacey, und zwar als angebliche Schwester dieses cleveren Gentleman …«

Sarah atmete scharf ein.

»O nein. O nein, nicht hierher! Nicht jetzt, wo ich auch gerade hier bin!«

»Genau so ist es aber«, sagte Poirot. »Und durch einen kleinen Trick komme auch ich als Weihnachtsgast hierher. Diese junge Dame soll gerade erst aus dem Krankenhaus entlassen worden sein. Als sie hier eintrifft, geht es ihr bereits viel besser. Doch dann erfährt sie, dass auch ich, ein Detektiv, hierherkomme – ein bekannter Detektiv. Sofort kriegt sie, wie man so schön sagt, Fracksausen. Sie versteckt den Rubin an der erstbesten Stelle, und dann erleidet sie einen Rückfall und hütet wieder das Bett. Sie will nicht, dass ich sie zu Gesicht bekomme, da ich zweifellos ein Foto von ihr habe und sie erkennen würde. Ja, es ist äußerst langweilig für sie, aber sie muss in ihrem Zimmer bleiben, und ihr Bruder, der bringt ihr das Essen hoch.«

»Und der Rubin?«, fragte Michael.

»Ich glaube«, erwiderte Poirot, »dass die junge Dame genau in dem Augenblick, als sie von meiner Ankunft hier erfährt, zusammen mit allen anderen in der Küche ist, und alles lacht und erzählt und rührt den Plumpuddingteig um. Der wird dann auf die Schüsseln verteilt, und dabei versteckt die junge Dame den Rubin, drückt ihn tief in den Teig eines der Puddinge. Und zwar nicht in den, der zu Weihnachten serviert werden soll. O nein, der befindet sich ja in einer besonderen Form, das weiß sie. Sie versteckt ihn in der anderen Schüssel, die zu Neujahr auf den Tisch kommen soll. Bis dahin würde sie zur Abreise bereit sein, und dann würde sie den Plumpudding selbstverständlich mitnehmen. Aber wie das Schicksal so spielt, passiert genau am Weihnachtsmorgen ein Malheur. Der Plumpudding in der festlichen Schüssel fällt auf den Steinfußboden, und die Schüssel zerspringt. Was tun? Die gute Mrs Ross nimmt kurzerhand den anderen Pudding und lässt ihn servieren.«

»Mein Gott«, sagte Colin, »wollen Sie damit sagen, dass Großvater, als er seinen Pudding aß, einen echten Rubin aus seinem Mund geholt hat?«

»Genau«, sagte Poirot, »und du kannst dir vorstellen, wie Mr Desmond Lee-Wortley zumute war, als er es bemerkte. *Eh bien*, was passiert dann? Der Rubin wird herumgereicht. Ich untersuche ihn, und es gelingt mir, ihn unauffällig in die Tasche gleiten zu lassen. Wie ein zerstreuter Professor, als würde er mich überhaupt nicht interessieren. Aber mindestens eine Person beobachtet mich dabei. Als ich im Bett liege, durchsucht diese Person mein Zimmer. Sie durchsucht meine Taschen. Aber sie kann den Rubin nicht finden. Warum nicht?«

»Weil Sie ihn«, sagte Michael atemlos, »Bridget gegeben haben. Das meinen Sie doch. Dann ist das also der Grund – aber ich verstehe es nicht ganz – ich meine … Hören Sie, was ist dann passiert?«

Poirot lächelte ihn an.

»Jetzt kommt mal alle mit in die Bibliothek«, sagte er, »und seht aus dem Fenster, dann zeige ich euch etwas, was vielleicht alles erklärt.«

Er ging voran, und sie folgten ihm.

»Werft noch einmal«, sagte Poirot, »einen Blick auf den Schauplatz des Verbrechens.«

Er zeigte aus dem Fenster. Alle hielten gleichzeitig die Luft an. Es lag keine Leiche mehr im Schnee, und es waren keine Spuren der Tragödie mehr zu erkennen, außer allerhand zertrampeltem Schnee.

»Das war doch nicht alles nur ein Traum, oder?«, fragte Colin leise. »Ich – hat irgendjemand die Leiche weggeschafft?«

»Ah«, sagte Poirot. »Seht ihr? Das Geheimnis der verschwundenen Leiche.« Er zwinkerte ihnen zu.

»Mein Gott«, rief Michael. »Monsieur Poirot, Sie sind – Sie haben doch nicht – oh, hört mal, er hat uns die ganze Zeit auf den Arm genommen!«

Poirot zwinkerte noch heftiger.

»Es stimmt, liebe Kinder, auch ich habe mir einen kleinen Scherz erlaubt. Seht ihr, ich wusste von eurem kleinen Plan, und da habe ich einen Gegenplan ausgeheckt. Ah, *voilà* Mademoiselle Bridget. Ich hoffe, es ist Ihnen nichts passiert, obwohl sie so lange im Schnee gelegen haben. Ich könnte es mir nie verzeihen, wenn Sie *une fluxion de poitrine* attrappiert hätten.«

Bridget hatte soeben den Raum betreten. Sie trug einen dicken Rock und einen Wollpullover und kugelte sich vor Lachen.

»Ich habe einen *tisane* auf Ihr Zimmer bringen lassen«, sagte Poirot streng. »Haben Sie ihn getrunken?«

»Ein Schluck hat mir gereicht!«, erwiderte Bridget. »Mir geht's gut. Habe ich meine Sache ordentlich gemacht, Monsieur Poirot? Meine Güte, mein Arm tut immer noch weh von der Aderpresse, die ich auf Ihr Geheiß anlegen musste.«

»Sie waren hervorragend, mein Kind«, sagte Poirot. »Hervorragend. Allerdings tappen die anderen, wie Sie sehen, immer noch im Dunkeln. Gestern Abend ging ich zu Mademoiselle Bridget. Ich sagte ihr, dass ich von eurem kleinen *complot* wusste, und fragte sie, ob sie für mich eine Rolle spielen würde. Sie hat das äußerst clever gemacht. Für die Fußspuren hat sie ein Paar von Mr Lee-Wortleys Schuhen benutzt.«

Schroff fuhr Sarah dazwischen:

»Aber wozu das alles, Monsieur Poirot? Wozu Desmond losschicken, damit er die Polizei holt? Die werden extrem wütend sein, wenn sie merken, dass das alles nur ein Scherz war.«

Poirot schüttelte nachsichtig den Kopf.

»Aber Mademoiselle, ich glaube nie und nimmer, dass Mr Lee-Wortley die Polizei holen gefahren ist«, sagte er. »Mit einem Mord will Mr Lee-Wortley nichts zu tun haben. Er hat völlig die Nerven verloren. Er konnte nur noch an eins denken: den Rubin zu bekommen. Er schnappte ihn sich, tat so, als wäre das Telefon kaputt, und raste unter dem Vorwand, die Polizei zu holen, in seinem Wagen davon. Er hat, soviel ich weiß, seine eigenen Mittel und Wege, England zu verlassen. Er besitzt doch ein Flugzeug, nicht wahr, Mademoiselle?«

Sarah nickte.

»Ja«, sagte sie. »Wir dachten daran ...« Sie hielt inne.

»Er wollte mit Ihnen in seinem Flugzeug durchbrennen, nicht wahr? *Eh bien*, das ist eine ausgezeichnete Strategie, einen Edelstein aus dem Land zu schmuggeln. Wenn man mit einem Mädchen durchbrennt und diese Tatsache publik wird, dann wird einen niemand verdächtigen, gleichzeitig auch noch einen historischen Rubin außer Landes geschmuggelt zu haben. O ja, das wäre eine sehr gute Tarnung gewesen.«

»Das glaube ich nicht«, sagte Sarah. »Ich glaube kein Wort davon.«

»Dann fragen Sie doch seine Schwester«, sagte Poirot und deutete mit dem Kopf über ihre Schulter. Abrupt drehte Sarah sich um.

Im Türrahmen stand eine platinblonde Frau. Sie trug einen Pelzmantel und machte ein finsteres Gesicht. Sie war sichtlich ungehalten.

»Von wegen seine Schwester!«, sagte sie mit einem kurzen, unfreundlichen Lachen. »Dieses Schwein ist nicht mein Bruder! Er ist also abgehauen, ja, und ich darf die Sache ausbaden? Das war alles seine Idee! Er hat mich dazu angestiftet! Meinte, es sei leicht verdientes Geld. Wegen des Skandals würde nie Anklage erhoben. Schließlich könnte ich immer behaupten, dass Ali mir diesen historischen Rubin geschenkt hatte. Die Beute wollten Des und ich uns dann in Paris teilen – und jetzt lässt mich das Schwein hier hängen! Umbringen möchte ich ihn!« Abrupt wechselte sie das Thema. »Je schneller ich hier wegkomme … Könnte mir jemand ein Taxi rufen?«

»Vor der Tür wartet ein Wagen, der Sie zum Bahnhof bringt, Mademoiselle«, sagte Poirot.

»Sie denken aber auch an alles, was?«

»So gut wie«, erwiderte Poirot selbstgefällig.

Ganz so glimpflich sollte Poirot allerdings nicht

davonkommen. Als er, nachdem er der falschen Miss Lee-Wortley in das wartende Auto geholfen hatte, das Speisezimmer betrat, wurde er bereits erwartet.

Auf Colins knabenhaftem Gesicht lag ein mürrischer Ausdruck.

»Hören Sie, Monsieur Poirot. Was ist denn nun mit dem Rubin? Wollen Sie etwa sagen, Sie haben ihn damit entkommen lassen?«

Poirot machte ein langes Gesicht. Er zwirbelte seinen Schnurrbart. Er schien sich nicht wohl in seiner Haut zu fühlen.

»Ich werde ihn sicherstellen«, sagte er schwach. »Es gibt noch andere Möglichkeiten. Ich werde ...«

»Ich glaub's nicht!«, sagte Michael entrüstet. »Dieses Schwein einfach mit dem Rubin entwischen zu lassen!«

Bridget war scharfsinniger.

»Er hält uns schon wieder zum Besten«, rief sie. »Stimmt's, Monsieur Poirot?«

»Sollen wir ein letztes Zauberkunststück vorführen, Mademoiselle? Greifen Sie in meine linke Tasche.«

Bridget fuhr mit der Hand hinein. Mit einem Triumphschrei zog sie sie wieder heraus und hielt einen großen, prachtvoll funkelnden dunkelroten Rubin hoch.

»Verstehen Sie«, erklärte Poirot, »was Sie in Ihrer Faust umklammert hielten, war eine Fälschung. Ich brachte sie aus London mit, für den Fall, dass ich sie gegen den echten Stein austauschen könnte. Verstehen Sie jetzt? Wir wollen keinen Skandal. Monsieur Desmond wird versuchen, seinen Rubin in Paris oder Belgien oder wo auch immer er Verbindungen hat, loszuwerden, und dann wird sich herausstellen, dass er nicht echt ist! Was können wir uns Besseres wünschen? Alle sind glücklich und zufrieden. Der Skandal wird vermieden, mein Prinzlein bekommt seinen Rubin wieder, kehrt in sein Land zurück und führt eine vernünftige und hoffentlich glückliche Ehe. Ende gut, alles gut.«

»Nur nicht für mich«, murmelte Sarah.

Sie sprach so leise, dass es niemand außer Poirot gehört hatte. Sanft schüttelte er den Kopf.

»Sie irren sich, Mademoiselle Sarah. Sie haben Erfahrungen gesammelt. Jede Erfahrung ist wertvoll. Vor Ihnen liegen, das prophezeie ich Ihnen, glückliche Zeiten.«

»Das sagen Sie«, erwiderte Sarah.

»Hören Sie, Monsieur Poirot.« Colin runzelte die Stirn. »Woher wussten Sie, dass wir Ihnen etwas vorspielen wollten?«

»Es ist mein Beruf, alles zu wissen«, sagte Hercule Poirot. Er zwirbelte seinen Schnurrbart.

»Ja, aber ich verstehe nicht, woher Sie es wussten. Hat uns jemand verpfiffen? Ist jemand zu Ihnen gekommen und hat es Ihnen erzählt?«

»Nein, nein, so war es nicht.«

»Wie dann? Erzählen Sie es uns?«

Und dann alle im Chor: »Ja, erzählen Sie es uns.«

»Aber nein«, protestierte Poirot. »Nein. Wenn ich verrate, wie ich darauf gekommen bin, ist es nichts Besonderes mehr. Das wäre genauso, als wenn ein Zauberkünstler seine Tricks verraten würde.«

»Erzählen Sie es uns, Monsieur Poirot! Na los. Erzählen Sie es, erzählen Sie es!«

»Ihr wollt wirklich, dass ich euch dieses letzte Geheimnis verrate?«

»Ja, los. Erzählen Sie es uns.«

»Ich glaube, ich kann es einfach nicht. Ihr werdet derart enttäuscht sein.«

»Machen Sie schon, Monsieur Poirot, erzählen Sie es uns. Woher wussten Sie es?«

»Also gut, ich habe neulich nach dem Tee in der Bibliothek am Fenster in einem Sessel gesessen und mich entspannt. Ich war eingenickt, und als ich aufwachte, habt ihr gerade direkt unter dem Fenster eure Pläne geschmiedet, und die obere Hälfte des Fensters stand offen.«

»Das ist alles?«, rief Colin entrüstet. »Noch simpler geht's ja kaum.«

»Nicht wahr?«, sagte Hercule Poirot lächelnd. »Seht ihr? Jetzt seid ihr doch enttäuscht!«

»Na ja«, sagte Michael, »wenigstens wissen wir jetzt alles.«

»Wirklich?«, murmelte Hercule Poirot. »Ich nicht. Ich, dessen Beruf es ist, alles zu wissen.«

Mit einem leichten Kopfschütteln ging er in die Halle hinaus. Zum vielleicht zwanzigsten Mal zog er einen ziemlich schmutzigen Zettel aus der Tasche: *ESSEN SIE NIE UND NIMMER NICHT VON DEM PLUMPUDDING. JEMAND DER ES GUT MIT IHNEN MEINT.*

Nachdenklich schüttelte Hercule Poirot noch einmal den Kopf. Er, der alles erklären konnte, fand dafür keine Erklärung! Demütigend. Wer hatte das geschrieben? Und warum? Bis er das herausbekäme, würde er keine Ruhe finden. Ein plötzliches, seltsames Keuchen ließ ihn aus seinen Gedanken aufschrecken. Er heftete den Blick fest auf den Boden vor sich, wo sich eine flachsblonde Gestalt in einer geblümten Kittelschürze mit Schaufel und Besen zu schaffen machte. Mit großen runden Augen starrte sie auf den Zettel in seiner Hand.

»Oh, Sir«, sagte die Erscheinung. »Bitte, Sir.«

»Und wer sind Sie, *mon enfant*?«, erkundigte sich Monsieur Poirot freundlich.

»Annie Bates, Sir, bitte, Sir. Ich bin Mrs Ross' Küchenhilfe. Ich wollte wirklich nicht, Sir, ich wollte wirklich nicht – irgendetwas Unschickliches zu tun. Ich habe es gut gemeint, Sir. Ich meine, ich wollte nur Ihr Bestes.«

Poirot ging ein Licht auf. Er hielt ihr den schmutzigen Zettel hin.

»Haben Sie das geschrieben, Annie?«

»Ich habe es nicht böse gemeint, Sir. Wirklich nicht.«

»Natürlich nicht, Annie.« Er lächelte sie an. »Aber erzählen Sie. Warum haben Sie das geschrieben?«

»Na ja, wegen den beiden, Sir. Wegen Mr Lee-Wortley und seiner Schwester. In Wirklichkeit war sie natürlich gar nicht seine Schwester, da bin ich mir sicher. Das hat ihnen keiner von uns geglaubt! Und sie war auch kein bisschen krank. Das war uns auch allen klar. Wir dachten, wir alle dachten, dass da irgendwas faul war. Ich sage es Ihnen rundheraus, Sir. Einmal brachte ich ihr neue Handtücher ins Badezimmer und lauschte an ihrer Tür. Er war bei ihr im Zimmer, und die beiden unterhielten sich. Ich habe ganz deutlich gehört, was sie gesagt haben. ›Dieser Detektiv‹, sagte er. ›Dieser Kerl, dieser Poirot, der hierherkommt. Da müssen wir irgendetwas unternehmen. Wir müssen ihn so schnell wie möglich aus dem Weg räumen.‹ Und dann senkte er die Stimme und sagte auf so eine fiese, finstere Art zu ihr: ›Wo hast du ihn hingetan?‹ Und sie antwortete: ›In den Pudding.‹ Oh, Sir, mein Herz schlug mir bis zum Hals. Ich dachte, es würde stehen bleiben. Ich dachte, die wollten Sie mit dem Plumpudding vergiften. Ich wusste nicht, was ich tun sollte! Mrs Ross, die hört ja nicht auf meinesgleichen. Da kam mir die Idee, Ihnen eine Warnung zu schreiben. Das habe ich dann auch getan und den Zettel auf Ihr Kissen gelegt, wo Sie ihn beim Schlafengehen finden würden.« Annie hielt atemlos inne.

Für eine Weile sah Poirot sie ernst an.

»Ich glaube, Sie sehen zu viele Reißer im Kino, Annie«, sagte er schließlich, »oder hat das Fernsehen eine so starke Wirkung auf Sie? Das Wichtigste ist aber, dass Sie ein gutes Herz haben und eine gewisse Findigkeit. Wenn ich wieder in London bin, schicke ich Ihnen ein Geschenk.«

»Oh, vielen Dank, Sir. Vielen, vielen Dank, Sir.«

»Was für ein Geschenk hätten Sie denn gern, Annie?«

»Was ich will, Sir? Kann ich mir aussuchen, was ich will?«

»Ja«, sagte Hercule Poirot vorsichtig, »solange es sich in Grenzen hält.«

»Oh, Sir, könnte ich einen Kosmetikkoffer haben? Einen richtig vornehmen aufklappbaren Kosmetikkoffer, wie der von Mr Lee-Wortleys Schwester, die ja gar nicht seine Schwester war?«

»Ja«, sagte Poirot, »ja, ich glaube, das lässt sich arrangieren. Interessant«, fügte er hinzu, mehr zu sich als an Annie gerichtet. »Neulich war ich in einem Museum und sah mir antike Gegenstände aus Babylon oder einem von diesen Orten an, die waren Tausende von Jahren alt – und darunter befanden sich auch Kosmetikkoffer. Im Grunde ihres Herzens ändern sich Frauen nicht.«

»Bitte, Sir?«

»Nichts. Ich denke nur nach. Sie werden Ihren Kosmetikkoffer bekommen, mein Kind.«

»Oh, Sir. Vielen Dank, Sir. Oh, allerherzlichsten Dank, Sir.«

Überglücklich zog Annie ab. Mit einem zufriedenen Kopfnicken sah Poirot ihr nach.

»Ah«, murmelte er vor sich hin. »Und jetzt – gehe ich. Hier gibt es nichts mehr zu tun.«

Unversehens legten sich von hinten zwei Arme um seine Schultern.

»Wenn Sie sich bitte unter die Mistelzweige stellen würden …«, sagte Bridget.

Hercule Poirot genoss es. Er genoss es sehr. Er fand, es sei ein sehr schönes Weihnachtsfest gewesen.

Eine Weihnachtstragödie

Ich möchte eine Beschwerde vorbringen«, verkündete Sir Henry Clithering und blickte augenzwinkernd in die Runde. Colonel Bantry hatte die Beine ausgestreckt und fixierte den Kaminsims mit so strengem Blick, als wäre der ein Soldat, der bei der Parade aus der Reihe getanzt war. Seine Frau warf verstohlene Blicke in einen Frühlingszwiebelkatalog, der mit der letzten Post gekommen war. Dr. Lloyds Augen waren mit unverhohlener Bewunderung auf Jane Helier gerichtet, und die schöne junge Schauspielerin selbst musterte gedankenverloren ihre rosa polierten Nägel. Nur die gute alte Miss Marple saß kerzengerade da und antwortete mit ihren blassblauen Augen auf Sir Henrys Zwinkern.

»Eine Beschwerde?«

»Eine sehr nachdrückliche Beschwerde. Wir sitzen hier zu sechst zusammen, drei Herren und drei Damen, und ich protestiere im Namen der geknechteten Männerwelt. Heute Abend haben wir drei Geschichten gehört – und zwar von drei Herren. Ich behaupte, dass die Damen sich nicht angemessen beteiligt haben.«

»Na hören Sie mal!«, widersprach Mrs Bantry empört. »Wir haben mit der größten Aufmerksamkeit zugehört und ansonsten den typisch weiblichen Grundsatz befolgt, uns nicht ins Rampenlicht zu drängen.«

»Eine vortreffliche Ausrede, die aber hier nicht verfängt«, sagte Sir Henry. »Und es gibt da einen vorzüglichen Präzedenzfall in den Märchen aus Tausendundeiner Nacht. Nur Mut, Scheherazade.«

»Meinen Sie mich?«, fragte Mrs Bantry. »Aber ich habe nichts zu erzählen, mit blutigen Geheimnissen hatte ich noch nie etwas zu tun.«

»Ich bestehe nicht unbedingt auf Blut«, sagte Sir Henry, »aber bestimmt hat eine unserer drei Damen ein Lieblingsgeheimnis. Das fällt doch in Ihr Fach, Miss Marple: ›Die seltsamen Zufälligkeiten im Leben der Zugehfrau‹ oder ›Das Nähkränzchenmysterium‹. St. Mary Mead wird mich doch nicht enttäuschen?«

Miss Marple schüttelte den Kopf.

»Das wäre nichts für Sie, Sir Henry. Natürlich haben wir unsere kleinen Geheimnisse – da war die Sache mit dem halben Pfund gepulter Krabben, das auf so unerklärliche Weise verschwand, aber die würde Sie nicht interessieren, weil sie letztlich völlig belanglos war, auch wenn sie ein bezeichnendes Licht auf die menschliche Natur warf.«

»Durch Sie habe ich gelernt, die menschliche Natur wertzuschätzen«, erklärte Sir Henry feierlich.

»Wie steht es mit Ihnen, Miss Helier?«, fragte Colonel Bantry. »Sie hatten doch bestimmt das eine oder andere interessante Erlebnis.«

»Das denke ich auch«, bestätigte Dr. Lloyd.

»Ich? Meinen Sie, dass ich Ihnen etwas erzählen soll, was ich erlebt habe?«

»Oder eine Bekannte«, ergänzte Sir Henry.

»Ich habe eigentlich noch nie was erlebt, jedenfalls nicht so etwas«, meinte Jane unbestimmt. »Blumen habe ich natürlich bekommen und wunderliche Briefe – aber das ist eben Männerart. Ich glaube nicht …« Sie hielt inne und schien nachzudenken.

»Dann müssen wir uns eben mit der Krabbensaga begnügen«, sagte Sir Henry. »Auf geht's, Miss Marple.«

»Immer zu Scherzen aufgelegt, Sir Henry! Die Sache mit den Krabben ist natürlich Unsinn, aber jetzt erinnere ich mich doch an etwas – eine Tragödie, an der ich in gewisser Weise beteiligt war. Ich habe meine Handlungsweise nie bereut – aber die Sache hat sich nicht in St. Mary Mead zugetragen.«

»Wie enttäuschend«, bemerkte Sir Henry. »Aber ich werde es überleben. Ich wusste, dass wir nicht vergeblich auf Sie gesetzt haben.«

Er nahm eine überzeugende Zuhörerpose ein. Miss Marple errötete ein wenig.

»Hoffentlich erzähle ich es ordentlich«, sagte sie besorgt. »Leider neige ich zu Abschweifungen. Man gerät auf Nebengleise, ohne es zu merken. Und es ist so schwer, sich zu erinnern, wann genau was passierte. Sie müssen es mir nachsehen, wenn ich meine Geschichte schlecht erzähle. Sie liegt so lange zurück.

Sie spielte wie gesagt nicht in St. Mary Mead, sondern in einem Ort für Hydrotherapie.«

»Hydro …?« Jane machte große Augen.

»Sie kennen so was nicht mehr, liebes Kind.«

Mrs Bantry erklärte es ihr, und ihr Mann ergänzte:

»Grässliche Orte, absolut grässlich. Sie zwingen dich, in aller Frühe aufzustehen und schaurig schmeckendes Wasser zu trinken. Der ganze Ort ist voll von alten Weibern und bösartigem Klatsch. Herrgott, wenn ich daran denke …«

»Aber es hat dir sehr gutgetan, und das weißt du ganz genau«, sagte Mrs Bantry besänftigend.

»Ein Haufen alter Weiber, die nur herumsitzen und sich die Mäuler zerreißen«, knurrte Colonel Bantry.

»Das stimmt leider«, bestätigte Miss Marple. »Ich selbst …«

»Meine liebe Miss Marple«, unterbrach der Colonel sie erschrocken. »Es liegt mir natürlich fern …«

Miss Marple winkte verlegen ab.

»Aber Sie haben völlig recht, Colonel Bantry. Nur möchte ich dazu gern anmerken … Wie sage ich's nur … ja … Geklatscht und getratscht wird dort natürlich sehr viel, und viele – besonders junge Leute – verurteilen das scharf. Mein Neffe, der Bücher schreibt – sehr gescheite, glaube ich –, hat sich mehrfach darüber geäußert, wie niederträchtig es ist, den Ruf eines anderen Menschen in Grund und Boden zu reden, wenn man keinerlei Beweise hat und so weiter. Ich aber sage, dass diese jungen Menschen einfach nicht nachdenken, dass sie sich nicht die Mühe machen, die Faktenlage zu prüfen. Der springende Punkt ist doch der: Wie oft beruhen Klatsch und Tratsch, wie Sie es nennen, auf der Wahrheit! Nämlich – wenn man sich die Mühe machen würde, ehrlich die Faktenlage zu prüfen – in neun von zehn Fällen.«

»Bei denen es sich dann wohl um besonders geniale Mutmaßungen handelt«, sagte Sir Henry.

»Durchaus nicht! Es ist einfach eine Frage von Übung und Erfahrung. Von einem Ägyptologen erzählt man sich, dass er, wenn man ihm einen dieser merkwürdigen kleinen Käfer in die Hand gibt, nach dem Äußeren des Stücks sagen kann, aus welchem Jahrhundert vor Christus es stammt oder ob es eine Imitation aus Birmingham ist. Und er kann diese Einschätzung nicht immer begründen, er weiß es einfach. Er hat sich zeitlebens mit diesen Dingen beschäftigt.

Und ebendas versuche ich – wenn auch wohl leider sehr unzulänglich – zum Ausdruck zu bringen. ›Müßige Frauen‹, wie mein Neffe sie nennt, haben viel Zeit und interessieren sich hauptsächlich für

Menschen. Im Lauf der Zeit werden sie auf diesem Gebiet gewissermaßen zu Experten. Junge Leute sprechen heutzutage sehr freizügig über Dinge, die zu meiner Zeit verschwiegen wurden, sind aber andererseits erstaunlich naiv. Sie glauben alles und jedem. Und wenn man versucht, sie zu warnen, und sei es noch so behutsam, bekommt man zu hören, dass man eine viktorianische Denkweise habe, und die, sagen sie, ist wie eine Sickergrube.«

»Dabei lässt sich gegen eine Sickergrube doch eigentlich nichts einwenden«, meinte Sir Henry.

»Eben«, bestätigte Miss Marple eifrig. »Sie ist die wichtigste Einrichtung im ganzen Haus, allerdings natürlich nicht sehr romantisch. Auch ich habe Gefühle, und so manche unbedachte Äußerung hat mich tief verletzt. Ich weiß, dass die Herren sich nicht für Geschichten aus dem Haushalt interessieren, aber ich will hier doch mal mein Dienstmädchen Ethel erwähnen, ein sehr gut aussehendes junges Ding und äußerst pflichtbewusst. Ich hatte auf den ersten Blick erkannt, dass sie in dieselbe Kategorie gehörte wie Annie Webb und das arme Mädchen von Mrs Bruitt und dass sie, wenn sich die Gelegenheit ergäbe, keinen Unterschied zwischen *mein* und *dein* machen würde. Also kündigte ich ihr Ende des Monats und schrieb ihr ein Zeugnis, in dem stand, dass sie ehrlich und bescheiden sei, warnte aber unter der Hand die alte Mrs Edwards davor, sie einzustellen, und mein Neffe Raymond regte sich schrecklich auf und fragte, wie ich nur so gemein sein könne. Sie ging dann zu Lady Ashton, die zu warnen ich keine Veranlassung sah – und was geschah? Von der Unterwäsche der Lady war überall die Spitze abgeschnitten, zwei Brillantbroschen waren weg, und diese Person verschwand mitten in der Nacht und ward nie mehr gesehen.«

Miss Marple holte tief Luft.

»Sie werden sagen, dass das mit dem Fall im Wasserkurort Keston nichts zu tun hatte, aber es ist die Erklärung dafür, warum für mich, sobald ich die Sanders zusammen gesehen hatte, kein Zweifel daran bestand, dass er die Absicht hatte, sie zu beseitigen.«

»Wie bitte?« Sir Henry lehnte sich mit einem Ruck vor.

Miss Marple sah ihn seelenruhig an.

»Für mich stand das, wie gesagt, felsenfest. Mr Sanders war ein großer, rotgesichtiger Mann, gut aussehend, sehr jovial in seiner Art und überall beliebt. Und niemand hätte liebreizender mit seiner Frau umgehen können als er. Aber ich wusste Bescheid – er wollte sie um die Ecke bringen.«

»Meine liebe Miss Marple …«

»Ja, ich weiß, so würde mein Neffe Raymond West auch argumentieren – dass ich nicht die Spur eines Beweises hatte. Aber ich erinnere mich an Walter Hones, den Wirt vom Green Man. Als er eines Nachts mit seiner Frau nach Hause ging, fiel sie in den Fluss – und er kassierte das Geld von der Versicherung. Und noch ein paar Personen habe ich im Sinn, die bis heute ungeschoren davongekommen sind – darunter ein Mann aus unseren Kreisen. Er reiste mit seiner Frau im Sommer zu einem Kletterurlaub in die Schweiz. Ich riet ihr ab mitzugehen. Die Ärmste war mir nicht mal böse, was ja leicht der Fall hätte sein können, sie lachte nur. Sie fand es lustig, dass eine alte Schraube wie ich solche Dinge über ihren Harry verbreitete. Ja, und dann kam es zu einem Unfall, und Harry hat inzwischen eine neue Frau. Aber was hätte ich machen sollen? Ich wusste Bescheid, aber ich hatte keine Beweise.«

»Sie meinen doch nicht im Ernst, Miss Marple …«, setzte Mrs Bantry an.

»Diese Fälle sind sehr verbreitet, meine Liebe, wirklich sehr verbreitet. Und die Herren der Schöpfung geraten wegen ihrer größeren Körperkräfte besonders leicht in Versuchung. Zumal, wenn sie es so einrichten können, dass es wie ein Unfall aussieht. Bei den Sanders wusste ich wie gesagt sofort Bescheid. Es passierte in der Straßenbahn. Unten war alles voll besetzt, und wir mussten aufs Oberdeck. Als wir drei aufstanden, um auszusteigen, verlor Mr Sander das Gleichgewicht und fiel gegen seine Frau, sodass sie kopfüber die Treppe hinunterstürzte. Zum Glück war der Schaffner ein sehr kräftiger junger Mann und fing sie auf.«

»Aber das muss doch ein Unfall gewesen sein.«

»Natürlich war es ein Unfall, nichts hätte eindeutiger wie ein Unfall aussehen können. Aber Mr Sanders war in der Handelsmarine gewesen, das hatte er mir selbst erzählt, und ein Mann, der sich in einem abscheulich schwankenden Schiff auf den Beinen halten kann, kommt nicht auf dem Oberdeck einer Straßenbahn ins Straucheln, wenn eine alte Frau wie ich das Gleichgewicht behält. Erzählen Sie mir nichts!«

»Jedenfalls dürfen wir Sie wohl so verstehen, dass

Sie in diesem Augenblick Bescheid wussten«, sagte Sir Henry.

Die alte Dame nickte.

»Ich war mir meiner Sache sicher, und ein weiterer Vorfall beim Überqueren der Straße bestärkte mich noch. Ich frage Sie, was hätte ich tun sollen, Sir Henry? Da war eine nette, zufriedene kleine Ehefrau, die man in Kürze ermorden würde ...«

»Ich bin fassungslos, Verehrteste.«

»Ja, weil Sie wie die meisten Menschen heutzutage den Tatsachen nicht ins Auge sehen wollen. Sie glauben lieber, dass es so etwas nicht geben kann. Aber es war so, und ich wusste es, doch mir waren die Hände gebunden. Zur Polizei konnte ich nicht gehen, und die junge Frau zu warnen war zwecklos, sie vergötterte diesen Mann. So beschränkte ich mich darauf, so viel wie möglich über die beiden herauszufinden. Beim Handarbeiten am Kamin erfährt man so manches. Mrs Sanders, Gladys hieß sie, plauderte nur allzu gern. Sie waren noch nicht sehr lange verheiratet. Ihr Mann hatte eine Erbschaft zu erwarten, aber zurzeit waren sie sehr knapp bei Kasse, sie lebten praktisch nur von dem kleinen Einkommen der Frau – eine sattsam bekannte Geschichte. Sie klagte darüber, dass sie nicht an ihr Kapital herankomme – da hatte offenbar jemand eine vernünftige Verfügung getroffen. Aber vererben durfte sie das Geld, so viel hatte ich herausgefunden, und sie und ihr Mann hatten unmittelbar nach der Trauung ein Testament aufgesetzt, in dem sie sich gegenseitig zu Erben erklärt hatten. Rührend, nicht wahr? Sobald Jacks geschäftliche Angelegenheiten geregelt sind … Diesen Spruch hörte ich tagein, tagaus. Inzwischen schlugen sie sich mehr schlecht als recht durch, bewohnten ein Zimmer ganz oben im Dienstbotentrakt, wo es sich für den Fall eines Brandes besonders gefährlich lebt, allerdings gab es eine Feuerleiter direkt vor ihrem Fenster. Ich fragte besorgt nach einem Balkon. Bedenklich, so ein Balkon. Ein Stoß und … na, Sie wissen schon.

Ich nahm ihr das Versprechen ab, nicht auf den Balkon zu gehen, ich hätte einen bösen Traum gehabt. Das machte ihr Eindruck, man kann manchmal mit Aberglauben viel erreichen. Sie war blond und blässlich, mit einem dicken, unordentlichen Nackenknoten. Sehr gutgläubig. Sie erzählte das, was ich gesagt hatte, ihrem Mann, und ich merkte, wie er mich ein- oder zweimal argwöhnisch musterte. Von Gutgläubigkeit konnte bei ihm keine Rede sein, und er wusste noch, dass ich in der bewussten Straßenbahn gewesen war.

Ich machte mir große Sorgen, weil ich keine Möglichkeit sah, seine Pläne zu durchkreuzen. Dass in der Kurklinik etwas passierte, konnte ich verhindern, indem ich meinen Verdacht ihm gegenüber andeutete, aber dann würde er sein Vorhaben nur aufschieben. Deshalb kam ich zu einem kühnen Entschluss: Ich würde ihm eine Falle stellen. Wenn ich es so einrichten könnte, dass er einen Anschlag auf ihr Leben zu einem Zeitpunkt meiner Wahl riskierte, wäre er entlarvt, und sie würde der Wahrheit ins Auge sehen müssen, auch wenn der Schock für sie noch so groß wäre.«

»Mir verschlägt es den Atem«, sagte Dr. Lloyd. »Und wie sah Ihr Plan aus?«

»Ich hätte mir schon etwas einfallen lassen«, sagte Miss Marple. »Aber der Mann war mir über. Er ahnte, dass ich ihn verdächtigte, und schlug zu, ehe ich meiner Sache sicher sein konnte. Dass ich bei einem Unfall argwöhnisch werden würde, wusste er, deshalb entschied er sich für Mord.«

Die Anwesenden schnappten nach Luft. Miss Marple nickte grimmig.

»Tut mir leid, dass ich Sie damit so unvermittelt überfalle. Sie werden mich besser verstehen, wenn ich Ihnen den Ablauf der Ereignisse geschildert habe. Der Fall erfüllt mich noch immer mit großer Bitterkeit, und ich meine noch immer, ich hätte die Tragödie irgendwie verhindern müssen. Aber die Vorsehung hatte offenbar andere Pläne. Ich jedenfalls habe getan, was ich konnte.

Es lag eine unheimliche Stimmung in der Luft. Uns alle bedrückte das Gefühl eines kommenden Unglücks. Mit George, dem Hotelportier, fing es an. Er war seit Jahren im Haus und kannte jeden. Bronchitis und Lungenentzündung – am vierten Tag war er tot. Sehr, sehr traurig. Ein schwerer Schlag für alle. Und noch dazu vier Tage vor Weihnachten. Dann bekam eins der Zimmermädchen, ein nettes Kind, eine Blutvergiftung am Finger und starb innerhalb von vierundzwanzig Stunden.

Ich saß mit Miss Trollope und der alten Mrs Carpenter im Salon. Mrs Carpenter war geradezu morbide, sie genoss die Situation.

›Das ist noch nicht das Ende, verlasst euch drauf.

Wie heißt es doch so treffend? Ein Unglück kommt selten allein. Für mich hat sich das immer wieder bestätigt. Es wird noch einen Tod geben, das steht für mich fest, und wir werden nicht lange auf ihn warten müssen. Ja, ja, ein Unglück kommt selten allein.‹

Bei diesen Worten, zu denen sie nickte und die Stricknadeln klappern ließ, blickte ich zufällig auf und sah Mr Sanders in der Tür stehen. In diesem Moment glaubte er sich unbeobachtet, und ich sah ganz deutlich den Ausdruck auf seinem Gesicht. Bis an mein Lebensende werde ich glauben, dass es dieses makabre Gerede der Carpenter war, das ihn auf die Idee gebracht hat. Ich merkte, wie es in seinem Kopf arbeitete.

Mit seinem gewohnten leutseligen Lächeln kam er näher.

›Kann ich den Damen vielleicht den einen oder anderen Weihnachtseinkauf abnehmen?‹, fragte er. ›Ich will noch in die Stadt.‹

Er blieb ein, zwei Minuten lachend und plaudernd bei uns stehen, dann ging er. Ich war wie gesagt in großer Sorge und fragte sofort:

›Weiß jemand, wo Mrs Sanders ist?‹

Sie sei bei Bekannten, den Mortimers, zum Bridge, sagte Miss Trollope, und das beruhigte mich für den Augenblick. Aber ich machte mir immer noch Sorgen und wusste nicht, was ich tun sollte. Eine halbe Stunde später ging ich nach oben. Auf der Treppe begegnete ich Dr. Coles, der auf dem Weg nach unten war, und da ich ihn ohnehin wegen meines Rheumas konsultieren wollte, nahm ich ihn mit in mein Zimmer. Dabei berichtete er mir, streng vertraulich, wie er betonte, von dem Tod der armen Mary. Der Hoteldirektor wolle nicht, dass es allgemein bekannt wurde, sagte er, ich solle es also bitte für mich behalten. Natürlich sagte ich ihm nicht, dass wir in der vergangenen Stunde, seit die Ärmste gestorben war, von nichts anderem geredet hatten. Derlei spricht sich immer sofort herum, und ein Mann mit seiner Erfahrung müsste das eigentlich wissen, aber Dr. Coles war ein naiver, argloser Mensch, der das glaubte, was er glauben wollte, und ebendas machte mir eine Minute später Angst. Im Gehen sagte er nämlich, dass Sanders ihn gebeten habe, sich mal seine Frau anzusehen, sie habe in letzter Zeit gekränkelt – Verdauungsstörungen und so weiter.

Noch am selben Nachmittag hatte Gladys Sanders zu mir gesagt, sie sei froh und dankbar, dass sie eine so gute Verdauung hätte.

Damit vervielfachten sich meine Befürchtungen. Sanders bereitete etwas vor – aber was? Dr. Coles ging, ehe ich mich entschließen konnte, etwas zu sagen – aber was hätte ich auch sagen können? Als ich mein Zimmer verließ, kam Sanders vom Dachgeschoss her die Treppe herunter. Er trug seinen Mantel und fragte mich noch einmal, ob er etwas in der Stadt für mich erledigen könne. Es kostete mich große Mühe, ihm höflich zu antworten. Ich ging geradewegs in den Salon und bestellte Tee. Es war – das weiß ich noch – kurz vor halb sechs.

Es ist mir sehr wichtig, ganz genau zu schildern, was dann geschah. Um Viertel vor sieben war ich noch im Salon, als Mr Sanders hereinkam. Er hatte zwei Herren mitgebracht, und alle drei schienen leicht angeheitert. Mr Sanders ließ seine Freunde stehen und trat zu mir und Miss Trollope. Er bat um unseren Rat wegen eines Weihnachtsgeschenks für seine Frau. Es war eine Abendtasche.

›Denn sehen Sie, meine Damen, ich bin schließlich nur ein schlichter Seebär und verstehe nichts von diesen Dingen. Ich habe mir drei zur Ansicht schicken lassen und brauche ein fachmännisches Urteil.‹

Natürlich sagten wir bereitwillig unsere Hilfe zu, und er fragte, ob es uns etwas ausmachen würde, mit nach oben zu kommen, da er damit rechnen müsse, dass seine Frau gerade dann hereinkäme, wenn er die Taschen nach unten brächte. Also gingen wir mit. Was dann geschah, werde ich nie vergessen, ich spüre heute noch ein Kribbeln im kleinen Finger.

Mr Sanders öffnete die Schlafzimmertür und machte Licht. Ich weiß nicht, wer von uns es zuerst sah …

Mrs Sanders lag auf dem Fußboden, mit dem Gesicht nach unten – tot.

Ich war als Erste bei ihr, kniete mich hin, nahm ihre Hand und fühlte den Puls, aber der Arm war kalt und steif. Neben ihr lag ein mit Sand gefüllter Strumpf – die Waffe, mit der man sie niedergeschlagen hatte. Miss Trollope, das dumme Geschöpf, stand stöhnend und jammernd an der Tür und hielt sich den Kopf. Sanders schrie: ›Meine Frau, meine Frau!‹, und stürzte auf sie zu. Ich hinderte ihn daran, sie anzufassen. Ich war nämlich überzeugt davon, dass er es getan hatte, und dachte mir, dass er womöglich etwas wegnehmen oder verstecken wollte.

›Niemand darf etwas berühren‹, sagte ich. ›Reißen Sie sich zusammen, Mr Sanders. Sie, Miss Trollope, gehen bitte nach unten und holen den Direktor.‹

Ich blieb vor der Toten knien, denn ich wollte Sanders nicht mit ihr allein lassen. Allerdings muss ich zugeben, dass der Mann, wenn er eine Komödie spielte, ein genialer Schauspieler war. Er wirkte benommen und verwirrt und zu Tode erschrocken.

Wenig später war der Direktor bei uns. Er sah sich kurz im Zimmer um, dann schickte er uns alle hinaus, schloss die Tür ab und nahm den Schlüssel an sich. Danach ging er ans Telefon, um die Polizei zu rufen. Es dauerte nach unserem Gefühl eine halbe Ewigkeit, bis sie eintraf. Wir erfuhren später, dass die Leitung gestört war. Der Direktor musste einen Boten zur Polizeistation schicken, und die Klinik liegt außerhalb, am Rande des Moors. Mrs Carpenter ging uns allen schwer auf die Nerven. Sie freute sich unbändig, dass ihr Spruch *Ein Unglück kommt selten allein* sich so schnell bewahrheitet hatte. Sanders lief, wie man mir sagte, im Park herum, rang die Hände und wirkte überzeugend leidgeprüft.

Dann endlich war die Polizei da. Die Beamten gingen mit dem Direktor und Mr Sanders nach oben. Später baten sie mich hinauf. Der Inspector saß an einem Tisch und schrieb. Er schien ein vernünftiger Mann zu sein und gefiel mir.

›Miss Jane Marple?‹, fragte er.

›Ja.‹

›Wie ich höre, waren Sie zugegen, als die Verstorbene gefunden wurde?‹

Das bestätigte ich und schilderte genau, was geschehen war. Ich glaube, der Ärmste war erleichtert, dass jemand seine Fragen zusammenhängend beantworten konnte, nachdem er sich vorher mit Sanders und Emily Trollope hatte herumschlagen müssen, die offenbar völlig die Fassung verloren hatte, was mich nicht wunderte – dieses dumme Geschöpf! Meine liebe Mutter hat mir beigebracht, dass eine Dame immer in der Lage sein sollte, sich in der Öffentlichkeit zu beherrschen, auch wenn sie innerlich einem Zusammenbruch noch so nah sein mag.«

»Eine äußerst lobenswerte Maxime«, bemerkte Sir Henry ernsthaft.

»Als ich geendet hatte, bedankte sich der Inspector und sagte: ›Jetzt muss ich Sie leider bitten, sich die Tote noch einmal anzusehen. Lag sie genauso da, als Sie ins Zimmer kamen? Sie ist nicht von der Stelle bewegt worden?‹

Ich erklärte, dass ich Mr Sanders daran gehindert hatte, und der Inspector nickte anerkennend.

›Der Herr scheint ziemlich aufgewühlt zu sein‹, meinte er.

›Ja, so scheint es‹, gab ich zurück.

Ich glaube nicht, dass ich es besonders betont habe, aber der Inspector warf mir einen eindringlichen Blick zu.

›Wir können also davon ausgehen, dass die Tote genauso daliegt, wie sie aufgefunden wurde?‹, fragte er.

›Ja, bis auf den Hut.‹

›Bis auf den Hut?‹, fragte der Inspector scharf.

Die arme Gladys, erklärte ich, hatte den Hut aufgehabt, jetzt aber lag er neben ihr. Natürlich dachte ich, die Polizisten hätten ihn abgenommen, aber das verneinte der Inspector ausdrücklich. Mit gerunzelter Stirn sah er auf die reglose Gestalt hinunter. Gladys war zum Ausgehen gekleidet – sie trug einen dunkelroten Tweedmantel mit grauem Pelzkragen. Der Hut, ein billiges Ding aus rotem Filz, lag neben ihrem Kopf.

Der Inspector verharrte minutenlang in nachdenklichem Schweigen, dann war ihm offenbar ein neuer Gedanke gekommen.

›Erinnern Sie sich zufällig, ob sie Ohrringe trug und ob das ihre Gewohnheit war?‹

Zum Glück habe ich eine gute Beobachtungsgabe und erinnerte mich jetzt, dass unter der Hutkrempe Perlen aufgeblitzt hatten. Die erste Frage konnte ich also bejahen.

›Dann ist alles klar. Die Schmuckschatulle der Dame wurde durchwühlt, allerdings war kaum etwas Wertvolles darin, wie ich höre – und man hat ihr die Ringe von den Fingern gezogen. Die Ohrringe muss der Mörder vergessen haben, deshalb ist er nach der Entdeckung der Tat noch einmal zurückgekommen, um sie zu holen. Ein dreister Bursche. Oder vielleicht ...‹ Er sah sich noch einmal im Zimmer um und setzte zögernd hinzu: ›Womöglich hat er sich die ganze Zeit hier im Zimmer verborgen gehalten ...‹

Diesen Gedanken verneinte ich. Ich selbst hatte unters Bett geschaut, und der Direktor hatte die Türen des Kleiderschranks geöffnet. Andere Verstecke bot das Zimmer nicht. Das Hutfach in der Mitte des Kleiderschranks war abgeschlossen, aber das war nicht tief und mit Regalbrettern versehen, niemand hätte sich dort verbergen können.

Der Inspector nickte nachdenklich.

›In diesem Fall muss er, wie ich schon sagte, noch einmal zurückgekommen sein. Wirklich ein überaus dreister Bursche.‹

›Aber der Direktor hatte die Tür abgeschlossen und den Schlüssel an sich genommen.‹

›Das hat nichts zu sagen. Der Dieb ist über den Balkon und die Feuerleiter gekommen. Vielleicht haben Sie ihn sogar bei der Arbeit gestört. Er flieht durchs Fenster, und als Sie alle fort sind, kommt er zurück und macht weiter.‹

›Sind Sie sicher, dass es diesen Dieb wirklich gibt?‹, fragte ich.

›Es sieht ganz danach aus‹, antwortete er trocken, aber etwas in seinem Ton ließ mich hoffen. Ohne Weiteres war er bestimmt nicht bereit, Mr Sanders die Rolle des trauernden Witwers abzunehmen.

Ich gebe gern zu, dass ich ganz unter dem Eindruck einer *idée fixe* stand, wie unsere Nachbarn, die Franzosen, es nennen. Ich wusste, dass dieser Sanders seiner Frau nach dem Leben trachtete. Was ich nicht berücksichtigt hatte, war ein seltsames, ja skurriles Phänomen – der sogenannte Kamerad Zufall. Meine Meinung zu Mr Sanders war, davon war ich überzeugt, hundertprozentig zutreffend. Der Mann war ein Schuft. Doch auch wenn sein geheuchelter Kummer mich nicht einen Augenblick überzeugte, waren seine Überraschung und Verwirrung doch vorzüglich gespielt. Sie wirkten absolut natürlich. Nach meinem Gespräch mit dem Inspector beschlichen mich Zweifel. Wenn er diese schreckliche Tat begangen hatte, konnte ich mir beim besten Willen nicht erklären, warum er sich über die Feuerleiter noch einmal ins Zimmer geschlichen und seiner Frau die Ohrringe abgenommen hatte. Es war wider jede Vernunft, und Sanders war ein absolut vernunftgesteuerter Mensch – ebendeshalb hielt ich ihn ja für so gefährlich.«

Miss Marple sah blickte in die Runde.

»Sie ahnen vielleicht schon, worauf ich hinauswill? So oft geschieht das Unerwartete in dieser Welt. Dass ich meiner Sache so sicher war, hatte mich wohl blind gemacht. Das Ergebnis war ein Schock für mich. Es ließ sich zweifelsfrei beweisen, dass Mr Sanders dieses Verbrechen unmöglich begangen haben konnte ...«

Mrs Bantry schnappte verblüfft nach Luft. Miss Marple sah sie an.

»Ich weiß, dass Sie damit zu Beginn meiner Geschichte nicht gerechnet hatten, meine Liebe, und mir ging es genauso. Aber Fakten sind Fakten, und wenn einem das Gegenteil bewiesen wird, muss man sich bescheiden und noch einmal von vorn anfangen. Dass Mr Sanders im Grunde seines Herzens ein Mörder war, wusste ich, nichts hätte mich von dieser Überzeugung abbringen können.

Jetzt also zu den Fakten. Nachmittags hatte Mrs Sanders bekanntlich mit den Mortimers Bridge gespielt. Gegen Viertel nach sechs verabschiedete sie sich von ihnen. Vom Haus ihrer Bekannten bis zur Klinik ging man zu Fuß eine Viertelstunde – weniger, wenn man sich beeilte. Sie kehrte daher gegen halb sieben zurück. Niemand sah sie kommen, sie betrat das Haus demnach durch den Seiteneingang und ging rasch auf ihr Zimmer. Dort zog sie sich um – der rehbraune Mantel und das Kleid, das sie zu der Bridgeparty getragen hatte, hingen im Schrank – und wollte offenbar gerade wieder gehen, als sie niedergeschlagen wurde. Höchstwahrscheinlich hat sie gar nicht gemerkt, wer sie überfallen hat. Der Sandsack ist, wie ich mir habe sagen lassen, eine sehr wirkungsvolle Waffe. Es sieht aus, als hätte sich der Angreifer im Zimmer versteckt, möglicherweise in der Hälfte des Kleiderschranks, die sie nicht geöffnet hatte.

Jetzt zu Mr Sanders. Er verließ wie gesagt gegen halb sechs oder ein wenig später das Haus, erledigte ein paar Einkäufe in verschiedenen Geschäften und betrat gegen sechs das Grand Spa Hotel, wo er zwei Freunden begegnete, mit denen er später in die Klinik zurückkam. Sie spielten Billard und tranken wohl auch diverse Whisky Soda. Ab sechs waren diese beiden, Hitchcock und Spender hießen sie, die ganze Zeit bei ihm. Sie begleiteten ihn in die Klinik, und er ließ sie nur kurz stehen, um Miss Trollope und mich zu begrüßen. Das war wie gesagt gegen Viertel vor sieben. Um diese Zeit muss seine Frau schon tot gewesen sein.

Ich sollte noch hinzufügen, dass ich selbst mit seinen Bekannten gesprochen habe. Sie gefielen mir nicht, sie waren weder liebenswürdig noch betrugen sie sich wie Gentlemen, aber eins stand für mich fest: An ihrer Aussage, Sanders sei die ganze Zeit mit ihnen zusammen gewesen, war nicht zu rütteln.

Da war noch ein Punkt, den ich erwähnen sollte. Während der Bridgepartie wurde Mrs Sanders ans Telefon gerufen. Ein Mr Littleworth wolle sie sprechen. Nach dem Anruf schien es, als hätte sie etwas Aufregendes und Erfreuliches gehört – und deshalb machte sie ein oder zwei schwere Fehler. Früher als erwartet verließ sie ihre Bekannten.

Mr Sanders wurde gefragt, ob seines Wissens Littleworth ein Bekannter seiner Frau sei, aber er beteuerte, er habe diesen Namen noch nie gehört. Meiner Meinung nach wird das durch die Haltung seiner Frau bestätigt – auch ihr war der Name Littleworth offenbar unbekannt. Dennoch war sie vom Telefon lächelnd und errötet zurückgekommen, es sieht also so aus, als hätte der Anrufer nicht seinen wahren Namen genannt, und schon das ist verdächtig, nicht wahr?

Mir blieb nun die Wahl zwischen der unwahrscheinlich klingenden Einbrechergeschichte und der Vermutung, dass Mrs Sanders noch einmal aus dem Haus gehen und sich mit jemandem treffen wollte. Gelangte dieser Jemand über die Feuerleiter in ihr Zimmer? Kam es zu einem Streit? Oder überfiel er sie heimtückisch?«

Miss Marple verstummte.

»Und wie lautet die Antwort?«, fragte Sir Henry.

»Ob wohl einer aus dieser Runde sie erraten kann?«

»Ich bin nicht gut im Raten«, sagte Mrs Bantry. »Dass Sanders ein so stichfestes Alibi hatte, ist zwar schade, aber wenn Sie sich damit zufriedengegeben haben, ist es wohl in Ordnung.«

Jane Helier neigte den schönen Kopf und stellte eine Frage.

»Warum war das Hutfach abgeschlossen?«

»Wie gescheit von Ihnen, mein Kind«, strahlte Miss Marple. »Genau das hatte ich mich auch gefragt. Allerdings war die Erklärung ganz einfach. In dem Fach waren ein Paar Hausschuhe und Taschentücher, die Gladys ihrem Mann zu Weihnachten besticken wollte. Deshalb hatte sie das Fach abgeschlossen. Der Schlüssel fand sich in ihrer Handtasche.«

»Dann ist das wohl eher uninteressant«, sagte Jane.

»Im Gegenteil«, widersprach Miss Marple. »Es ist das einzig wirklich Interessante, das alle Pläne des Mörders zunichtemachte.«

Die ganze Runde sah die alte Dame groß an.

»Ich selbst habe es erst nach zwei Tagen begriffen«, sagte Miss Marple. »Ich überlegte und überlegte, und plötzlich war alles sonnenklar. Ich ging zu dem Inspector und bat ihn, etwas auszuprobieren, was er dann auch tat.«

»Was denn?«

»Ich bat ihn, der armen Frau den Hut aufzusetzen, und natürlich gelang ihm das nicht. Es war nicht ihr Hut.«

Mrs Bantry riss die Augen auf.

»Aber erst hatte sie ihn auf dem Kopf?«

»Nicht sie …«

Miss Marple legte eine bedeutungsvolle Pause ein, dann fuhr sie fort:

»Wir gingen davon aus, dass die Tote die arme Gladys war, aber wir haben ihr nicht ins Gesicht gesehen. Sie lag mit dem Gesicht nach unten, und der Hut verbarg alles.«

»Aber sie ist tatsächlich ermordet worden?«

»Ja, später. Während wir mit der Polizei telefonierten, war Gladys Sanders noch gesund und munter.«

»Sie meinen, dass es jemand war, der sich für sie

ausgab? Aber als Sie die Frau angefasst haben, mussten Sie doch ...«

»Die Frau war tot«, erklärte Miss Marple mit Nachdruck.

»Aber Herrgott noch mal«, polterte Colonel Bantry los. »Leichen sind doch nicht beliebig verfügbar. Was hat er mit ... mit der ersten Leiche hinterher gemacht?«

»Er hat sie zurückgebracht«, erklärte Miss Marple. »Es war ein hinterhältiger, aber sehr schlauer Plan, der ihm aufgrund unseres Gesprächs im Salon gekommen ist. Warum sollte er nicht die Leiche des armen Hausmädchens Mary benutzen? Das Zimmer der Sanders war ganz oben bei den Dienstbotenunterkünften. Marys Zimmer lag nur zwei Türen weiter. Sanders setzte darauf, dass der Bestatter erst nach Anbruch der Dunkelheit kommen würde. Er trägt die Tote über den Balkon – um fünf war es schon dunkel –, zieht ihr ein Kleid seiner Frau und den roten Mantel an – und merkt, dass das Hutfach abgeschlossen ist. Kurz entschlossen holt er einen Hut des armen Mädchens – wem sollte das schon auffallen? Er legt den Sandsack neben sie, dann geht er los, um sich ein Alibi zu besorgen.

Er ruft seine Frau an – als ein Mr Littleworth. Was er zu ihr sagt, weiß ich nicht, sie war eben eine gutgläubige Seele. Jedenfalls bringt er sie dazu, die Bridgepartie vorzeitig zu verlassen und nicht in die Klinik zurückzugehen, sondern ihn um sieben im Park der Klinik am Fuß der Feuerleiter zu treffen. Möglicherweise hat er gesagt, er habe eine Überraschung für sie.

Er kehrt mit seinen Freunden in die Klinik zurück und sorgt dafür, dass Miss Trollope und ich in seinem Beisein das Verbrechen entdecken. Er macht sogar Anstalten, die Tote umzudrehen, woran ich ihn hindere. Dann wird die Polizei gerufen, und er wankt, vom Kummer überwältigt, in den Park.

Niemand hat ihn gefragt, was er *nach* dem Verbrechen getan hat. Er trifft sich mit seiner Frau, steigt mit ihr die Feuerleiter hoch, sie betreten ihr Zimmer. Vielleicht hat er ihr schon irgendeine Lügengeschichte über die Tote erzählt. Sie beugt sich über das Mädchen, er greift nach dem Sandsack und schlägt zu … Selbst heute noch wird mir übel, wenn ich daran denke. Dann zieht er ihr schnell Mantel und Kleid aus, hängt beides auf und zieht ihr die Sachen der Toten an.

Aber der Hut passt nicht. Mary hatte eine Dauerwelle, Gladys Sanders aber trug das Haar wie gesagt in einem dicken Nackenknoten. Er muss den Hut neben der Leiche liegen lassen und hoffen, dass es niemandem auffällt. Dann bringt er die Leiche der armen Mary zurück in ihr Zimmer und legt sie wieder anständig hin.«

»Unglaublich«, sagte Dr. Lloyd. »Es war ein irrsinniges Risiko. Wenn nun die Polizei zu früh eingetroffen wäre …«

»Bedenken Sie, dass die Leitung gestört war«, sagte Miss Marple. »Das war auch sein Werk. Er konnte es sich nicht leisten, dass die Polizei zu früh an Ort und Stelle war. Als die Beamten eintrafen, hielten sie sich kurz im Büro des Direktors auf, ehe sie das Zimmer der Sanders betraten. Das war der heikelste Punkt – dass jemand den Unterschied zwischen einer Leiche bemerken könnte, die schon seit zwei Stunden tot war, und einer anderen, die erst vor einer halben Stunde gestorben war. Aber er setzte darauf, dass diejenigen, die das Verbrechen entdeckten, kein Fachwissen besaßen.«

Dr. Lloyd nickte.

»Man ging wohl davon aus, dass das Verbrechen

gegen Viertel vor sieben begangen worden war«, sagte er. »Tatsächlich geschah es um sieben oder wenige Minuten danach. Als der Polizeiarzt die Leiche untersuchte, war es mindestens halb acht. Er konnte es unmöglich erkennen.«

»Ich hätte es wissen müssen«, erklärte Miss Marple. »Ich nahm die Hand des armen Mädchens, und sie war eiskalt. Aber wenig später drückte sich der Inspector so aus, als wäre der Mord kurz vor unserer Ankunft begangen worden – und ich habe nichts bemerkt.«

»Sie haben genug bemerkt, Miss Marple«, sagte Sir Henry. »Der Fall lag vor meiner Zeit. Ich kann mich nicht einmal erinnern, davon gehört zu haben. Wie ging es weiter?«

»Sie haben Sanders gehängt«, antwortete Miss Marple sachlich. »Und das war gut so. Ich habe nie bereut, dass ich dazu beigetragen habe, diesen Mann seiner gerechten Strafe zuzuführen. Ich halte nichts von den modernen humanitären Skrupeln wegen der Todesstrafe.«

Ihr strenges Gesicht wurde milder.

»Ich habe mir oft bittere Vorwürfe gemacht, weil ich das Leben dieser armen Frau nicht habe retten können. Aber wer hätte auf eine alte Frau gehört, die übereilte Schlüsse zieht? Wer weiß, vielleicht war es besser für sie zu sterben, solange das Leben noch schön war, als unglücklich und enttäuscht in einer Welt weiterzuleben, die plötzlich nur noch Schrecken für sie bereithielt. Sie hat diesen Mann geliebt und ihm vertraut. Sie ist ihm nie auf die Schliche gekommen.«

»Ja, dann war das doch gut für sie«, sagte Jane Helier. »Ich wünschte nur ...« Sie hielt inne.

Miss Marple betrachtete die berühmte, die schöne, die erfolgreiche Jane Helier und nickte sacht.

»Ich verstehe, mein Kind«, sagte sie sehr sanft, »ich verstehe.«

Der Traum vom Glück

»*Mit einem kraftvollen Schwung seiner sehnigen Arme hob Bill sie hoch und drückte sie an seine breite Brust. Lustvoll stöhnend bot sie ihm die Lippen zu einem Kuss, der alles übertraf, was er sich in seinen kühnsten Träumen je hätte vorstellen können …*«

Seufzend legte Edward Robinson den Roman W*enn die Liebe siegt* aus der Hand und sah aus dem Fenster. Die U-Bahn fuhr gerade durch Stamford Brook. Edward dachte an Bill, diesen so hundertprozentig männlichen Mann und Liebling aller Verfasserinnen von Liebesromanen, den Edward um seine Muskeln, seine markanten Gesichtszüge und seine ungezügelte Leidenschaft beneidete. Er griff wieder nach dem Buch und las die Beschreibung der stolzen Marquise Bianca (der Dame mit den verführerischen Kusslippen). So hinreißend war ihre Schönheit, so groß war die Verzauberung, die von ihr ausging, dass starke Männer in hilfloser Liebe wie Kegel zu Boden gingen.

»Natürlich ist das alles ausgemachter Schwachsinn. Und trotzdem ...«

Etwas wie Sehnsucht lag in seinem Blick. Gab es am Ende doch irgendwo eine Welt voller Romantik und Abenteuer? Frauen, deren Schönheit berauschen, eine Liebe, die einen verzehren konnte?

»Wir leben nun mal in der Wirklichkeit«, sagte sich Edward, »und mit der muss ich zurechtkommen wie alle anderen auch.«

Im Grunde konnte er mit seinem Dasein zufrieden sein. Er war gesund, hatte eine gute Stellung in einer florierenden Firma, keine Angehörigen, die auf seine Unterstützung angewiesen waren – und eine Verlobte namens Maud.

Bei dem Gedanken an Maud verdüsterte sich seine Miene. Auch wenn er das nie zugegeben hätte – Maud machte ihm Angst. Gewiss, er liebte sie. Er würde nie vergessen, wie sein Herz geklopft hatte, als er bei ihrem ersten Treffen den weißen Nacken gesehen hatte, den die billige Warenhausbluse umschloss. Er hatte eine Reihe hinter ihr gesessen, und der Freund, mit dem er im Kino gewesen war, hatte sie miteinander bekannt gemacht. Kein Zweifel – Maud war außergewöhnlich. Gut aussehend, gescheit und sehr damenhaft – und sie hatte immer Recht. Eine ideale Ehefrau, das sagten alle.

Ob die Marquise Bianca das Zeug zur idealen Ehefrau gehabt hätte? So ganz konnte er das nicht glauben. Dass die sinnenfrohe Bianca mit ihren roten Lippen und den wiegenden Hüften sittsam dasitzen und Knöpfe für Kraftprotz Bill annähen würde, konnte er sich beim besten Willen nicht vorstellen. Nein, Bianca gehörte ins Reich der Romantik, so wie er ins wirkliche Leben gehörte. Er und Maud würden sehr glücklich miteinander sein. Sie besaß so viel gesunden Menschenverstand …

Allerdings wäre es ihm noch lieber gewesen, wenn sie nicht ganz so – so zupackend gewesen wäre, so schnell bereit, ihm die Leviten zu lesen, aber dahinter steckten natürlich ihre Umsicht und ihr gesunder Menschenverstand. Maud war ein sehr vernunftbetontes Wesen. Und gewöhnlich war auch Edward vernünftig. Manchmal allerdings … Zum Beispiel hatte er zu Weihnachten heiraten wollen. Maud hatte ihm klargemacht, wie viel vernünftiger es wäre, noch etwas zu warten, ein, zwei Jahre vielleicht. Sein Gehalt war nicht eben üppig. Er hatte ihr einen teuren Ring schenken wollen, den sie empört zurückgewiesen hatte. Stattdessen hatte sie ihn gezwungen, den Ring zurückzunehmen und gegen einen billigeren einzutauschen. Sie hatte eigentlich nur gute Eigenschaften, aber manchmal wäre es Edward lieber gewesen, wenn sie mehr Fehler und weniger Tugenden besessen hätte, denn sie waren es, die ihn immer wieder zu unbedachten Schritten trieb.

Da war zum Beispiel …

Edward errötete schuldbewusst. Er musste es ihr sagen, und zwar bald. Schon jetzt merkte man ihm sein schlechtes Gewissen an. Vor ihnen lagen drei Feiertage – Heiligabend, der erste und der zweite Weihnachtstag. Maud hatte vorgeschlagen, er solle die Festtage mit ihr und ihrer Familie verbringen. Er hatte sich unbeholfen mit einer langen Lügengeschichte über einen Freund auf dem Land herausgeredet, dem er angeblich einen Besuch versprochen hatte.

Doch es gab keinen Freund auf dem Land, es gab nur Edwards dunkles Geheimnis. Als Edward Robinson – so wie Hunderttausende hoffnungsvoller junger Männer auch – vor einem Vierteljahr an dem Preisausschreiben einer Wochenzeitschrift teilgenommen hatte, war ihm eine glänzende Idee gekommen. Es galt, zwölf Mädchennamen in der Reihenfolge ihrer Beliebtheit anzuordnen. Weil er mit seinem eigenen Geschmack meistens falsch lag – das hatte er schon bei ähnlichen Preisausschreiben festgestellt –, notierte er zunächst die zwölf Namen entsprechend seiner persönlichen Rangliste, dann schrieb er die Liste noch einmal neu, wobei er abwechselnd je einen Namen an die Spitze der Liste und einen ganz nach unten setzte.

Als das Ergebnis bekannt gegeben wurde, zeigte sich, dass Edward acht von zwölf Punkten erreicht und damit den ersten Preis in Höhe von fünfhundert Pfund gewonnen hatte. Was im Grunde nur ein glücklicher Zufall war, sah er als das Ergebnis seines ›Systems‹ und war mächtig stolz auf sich.

Was aber sollte er nun mit diesen fünfhundert Pfund anfangen? Mauds Antwort kannte er. Leg sie an, würde sie sagen, das gibt ein hübsches finanzielles Polster für die Zukunft. Und natürlich hatte sie damit absolut recht. Aber was man bei einem Preisausschreiben gewinnt, fühlt sich völlig anders an als irgendeine beliebige Summe aus anderen Quellen.

Wäre es eine Erbschaft gewesen, hätte er sie brav in Wandelanleihen oder Sparbriefen angelegt. Aber Geld, das einem mit einem einzigen Federstrich, dank eines glücklichen Zufalls zufällt, ist so etwas Ähnliches wie der Sixpence, den ein Kind geschenkt bekommt: Er gehört dir, gib ihn aus, wie du möchtest.

In einem vornehmen Ausstellungsraum, an dem er täglich auf seinem Weg ins Büro vorbeikam, stand sein Traum: ein kleiner Zweisitzer mit langer glänzender Kühlerhaube und deutlich ausgeschildertem Preis: 465 Pfund.

»Wenn ich reich wäre«, hatte Edward jeden Tag zu diesem Traumauto gesagt, »wenn ich reich wäre, würde ich dich kaufen.«

Und jetzt war er – ja, vielleicht nicht gerade reich, aber im Besitz einer Summe, die es ihm ermöglichen würde, seinen Traum wahr werden zu lassen. Dieser Wagen, diese funkelnde lockende Göttin gehörte ihm, wenn er bereit war, den Preis dafür zu zahlen.

Er hatte Maud von dem Geld erzählen wollen. Wenn sie davon wusste, war er gegen Versuchungen gefeit. Angesichts ihrer Ablehnung, ja Entrüstung hätte er nie den Mut gehabt, auf seiner Tollheit zu bestehen. Der Zufall wollte es, dass Maud selbst ihm die Entscheidung abnahm. Er hatte sie ins Kino eingeladen – die besten Plätze sollten es sein. Daraufhin hatte sie ihm freundlich, aber bestimmt die sträfliche Torheit seines Tuns klargemacht. Wie konnte er gutes Geld – nämlich drei Shilling Sixpence – zum Fenster rauswerfen, wenn man auf den Plätzen zu zwei Shilling Fourpence ebenso gut sehen konnte?

In verdrossenem Schweigen hatte sich Edward ihre Vorwürfe angehört, und Maud stellte zufrieden fest, dass sie ihn offenbar beeindruckt hatten. Diese Extravaganzen durfte man Edward nicht mehr durchgehen lassen. Sie liebte ihn, begriff aber, dass er ein schwacher Mann war. Und deshalb war es ihre Pflicht, immer da zu sein, um ihn auf den rechten Weg zu bringen.

Edward schien niedergeschmettert von ihren Vorhaltungen, entschloss sich aber in derselben Minute, den Wagen zu kaufen.

»Einmal im Leben«, dachte er trotzig, »werde ich machen, was ich will, und Maud kann mir gestohlen bleiben.«

Am nächsten Morgen betrat er den Spiegelglas-Palast mit seinen Luxuskarossen aus glänzendem Lack und blitzendem Chrom und erstand das Fahrzeug seiner Träume – so lässig, als sei ein Autokauf die selbstverständlichste Sache der Welt.

Seit vier Tagen gehörte es jetzt ihm, seit vier Tagen, die er äußerlich ruhig, innerlich aber wie im Rausch verbracht hatte, ohne Maud auch nur ein Wort zu verraten. Vier Tage lang hatte er in der Mittagspause gelernt, mit seiner chromblitzenden Schönen umzugehen und erwies sich dabei als begabter Schüler.

Am nächsten Tag würde er mit ihr aufs Land fahren. Maud hatte er mit Schwindeleien vertröstet und würde es notfalls wieder tun. Er war mit Leib und Seele seiner neuen Gefährtin verfallen. Sie stand für Romantik, für Abenteuer, für all das, wonach er sich bisher vergeblich gesehnt hatte. Morgen würden sie sich gemeinsam auf den Weg machen. Er würde sich die klare kalte Luft um die Nase wehen lassen, würde den Trubel und die Ärgernisse Londons weit hinter sich lassen und hinausziehen in die blaue Ferne.

In diesem Augenblick war Edward, ohne es zu wissen, schon fast ein Dichter.

Morgen ...

Er warf einen Blick auf das Buch in seiner Hand,
dann steckte er es lachend in die Tasche. Sein neues
Auto, die roten Lippen der Marquise Bianca und die
verblüffenden Fertigkeiten eines gewissen Bills ver-
mengten sich.

Morgen ...

Der Wettergott, der nur zu gern allen, die sich
auf ihn verlassen, einen Strich durch die Rechnung
macht, war Edward wohlgesinnt und schenkte ihm
einen traumhaften Tag mit glitzerndem Raureif,
blassblauem Himmel und primelgelber Sonne.

Voller Abenteuerlust, ja mit einem Gefühl der
Verwegenheit verließ er London. An der Hyde Park
Corner gab es erste Probleme und auf der Putney
Bridge ein bedauerliches Missgeschick. Die Gang-
schaltung protestierte laut, die Bremsen quietsch-
ten, und die Verkehrsteilnehmer um ihn herum
sparten nicht mit Verwünschungen. Für einen An-
fänger aber schlug er sich wacker und geriet schließlich auf eine dieser schönen breiten Straßen, die das
Herz des Autofahrers höher schlagen lassen. Nur
selten staute sich an diesem Tag dort der Verkehr.
Edward fuhr und fuhr. Der Gedanke, dass er der

Herr dieses wunderbaren Geschöpfes mit den glänzenden Flanken war, berauschte ihn. Erhaben wie ein Gott jagte er durch die kalte weiße Welt.

Es war ein außergewöhnlicher Tag. Mittags kehrte er in einem hübschen altmodischen Gasthaus ein, nachmittags gönnte er sich eine Teepause. Nur widerwillig trat er dann die Heimreise an – nach London, zu Maud und deren unvermeidlichen Vorwürfen …

Er seufzte kurz, dann schüttelte er sich entschlossen. Morgen war auch noch ein Tag, den heutigen gedachte er zu genießen. Was konnte aufregender sein, als durch die Nacht zu rasen, während nur die Scheinwerfer ihm den Weg wiesen …

Für einen Halt zum Abendessen würde wohl die Zeit nicht reichen. Das Autofahren bei Dunkelheit war nicht ungefährlich. Für den Rückweg würde er länger brauchen als gedacht. Punkt acht war er in Hindhead und am Rand des Devil's Punch Bowl, einer trichterförmigen Vertiefung, um die sich viele Sagen rankten. Der Mond schien, und der Schnee, der vor zwei Tagen gefallen war, leuchtete weiß.

Er hielt an und starrte ins Leere. Was spielte es denn für eine Rolle, ob er bis Mitternacht wieder in

London war? Oder überhaupt nicht mehr zurückkam? Er konnte sich jetzt nicht von hier losreißen.

Er stieg aus und trat an den Rand des Kraters. Neben ihm schlängelte sich verheißungsvoll ein Fußweg nach unten. Edward gab der Verlockung nach. Eine halbe Stunde spazierte er beglückt in einer verschneiten Welt herum. So einen Anblick hätte er sich nie träumen lassen. Und all das, was vor ihm lag, gehörte ihm, verdankte er jenem Traum auf vier Rädern, der an der Straße geduldig auf ihn wartete.

Schließlich stieg er wieder nach oben, setzte sich ins Auto und fuhr los, noch immer ein wenig benommen von so viel wahrer Schönheit, die sich früher oder später zuweilen auch dem nüchternsten Menschen erschließt.

Dann kam er mit einem Seufzer wieder zu sich und griff in die Seitentasche des Wagens, in der er einen zweiten Schal verstaut hatte.

Doch der Schal war weg, die Seitentasche leer – das heißt nicht ganz. Seine Hand erspürte etwas Hartes, Kratziges. Kieselsteine?

Er langte tief nach unten – und sah plötzlich aus wie ein Mann, den jäh ein Blitz getroffen hat. Was er in der Hand hielt, was im Mondlicht glitzerte und funkelte, war ein Brillantkollier.

Edward traute seinen Augen nicht – aber ein Zweifel war nicht möglich. Jemand hatte ein Brillantkollier, das Tausende von Pfund wert sein mochte (denn die einzelnen Steine waren groß), gleichsam im Vorübergehen in die Seitentasche seines Wagens gesteckt.

Aber wer? Als er in London seine Fahrt angetreten hatte, war der Schmuck mit Sicherheit nicht da gewesen. Jemand musste, als er unten durch den Schnee gestapft war, auf der Straße vorbeigekommen sein und das Kollier absichtlich dort deponiert haben. Aber warum? Und warum ausgerechnet in seinem Wagen? Hatte der Besitzer des Kolliers sich geirrt? Oder handelte es sich gar um Diebesgut?

Die Gedanken wirbelten wild in seinem Kopf umher, und plötzlich lief es ihm eiskalt den Rücken hinunter. *Es war gar nicht sein Wagen.*

Gewiss, die Ähnlichkeit war nicht zu leugnen. Das Rot des Lacks leuchtete ebenso verlockend wie auf den Lippen der Marquise, die Schnauze war ebenso lang und glänzend wie bei seinem Traumgefährt. Doch an tausend Kleinigkeiten erkannte

Edward jetzt, dass der Wagen, in dem er saß, nicht ihm gehörte. Er war unverkennbar neu, wies aber kleine, unübersehbare Gebrauchsspuren auf. Und wenn das so war ...

Edward machte sich entschlossen daran, den Wagen zu wenden. Dieses Manöver war nicht gerade seine Stärke. Im Rückwärtsgang verlor er unweigerlich den Kopf, schlug das Lenkrad falsch ein und verwechselte in der Aufregung häufig Gaspedal und Bremse – mit katastrophalen Folgen. Endlich aber hatte er es geschafft, und brav kletterte der Wagen wieder bergauf.

Edward erinnerte sich dunkel, dass in einiger Entfernung ein zweiter Wagen gestanden hatte, auf den er allerdings nicht weiter geachtet hatte. Er hatte für den Rückweg eine andere Strecke gewählt als für den Abstieg in der Erwartung, unmittelbar hinter seinem Wagen herauszukommen. In Wirklichkeit hatte dort offenbar der andere Wagen gestanden.

Zehn Minuten später war er wieder da, wo er losgefahren war. Am Straßenrand stand jetzt kein Wagen mehr. Dessen Besitzer musste – vielleicht auch er durch die Ähnlichkeit getäuscht – in Edwards Auto weggefahren sein.

Edward nahm das Kollier aus der Tasche und ließ es ratlos durch die Finger gleiten.

Was nun? Zur nächstgelegenen Polizeiwache fahren? Sein Dilemma schildern, den Schmuck übergeben, den Beamten sein Autokennzeichen nennen …

Und das lautete … wie? Edward zermarterte sich das Hirn, aber es wollte ihm nicht einfallen. Ihm wurde flau. Auf der Polizeiwache würden sie ihn für den letzten Trottel halten. Eine Acht kam darin vor, so viel wusste er noch. Ist ja im Grunde nicht wichtig, versuchte er sich zu trösten. Andererseits … Ein unbehagliches Gefühl beschlich ihn, als er erneut den Schmuck betrachtete. Angenommen, die auf der Wache dachten, er hätte den Wagen und das Kollier gestohlen? Aber auf diesen Gedanken würden sie wohl nicht kommen – oder doch? Denn wer würde, wenn man es recht bedachte, ein teures Kollier so mir nichts dir nichts in die offene Seitentasche eines Wagens stecken?

Edward stieg aus und ging zum Heck des Wagens. Das Kennzeichen war XR100061. Die Nummer sagte ihm nichts – nur dass es definitiv nicht sein Auto war. Nun machte er sich daran, systematisch alle Fächer zu durchsuchen. Dort, wo er das Kollier gefunden hatte, machte er eine Entdeckung – einen kleinen Zettel, auf den etwas mit Bleistift gekritzelt war. Im Licht der Scheinwerfer las Edward:

Erwarte dich um zehn in Greane, Ecke Salter's Lane.

Der Ortsname Greane kam ihm bekannt vor, er hatte ihn während der Fahrt auf einem Wegweiser gelesen. Sein Entschluss stand fest. Er würde in dieses Greane und zur Salter's Lane fahren, sich dort mit dem Verfasser der Botschaft treffen und ihm die Umstände erklären. Das war entschieden besser, als sich auf einer örtlichen Polizeiwache lächerlich zu machen.

Beschwingt machte er sich auf den Weg. Was er hier erlebte, war ein Abenteuer, so was passierte nicht alle Tage. Und dass ein Brillantkollier im Spiel war, machte alles noch aufregender und geheimnisvoller.

Das Dorf Graene war nicht auf Anhieb zu finden, ebenso erging es ihm mit Salter's Lane, aber nachdem er in zwei Cottages nachgefragt hatte, kam er glücklich zum Ziel. Ein paar Minuten nach der auf dem Zettel angegebenen Zeit manövrierte er den

Wagen vorsichtig durch eine schmale Straße, wobei er immer wieder aufmerksam nach links sah, wo angeblich die Salter's Lane abging.

Noch eine Kurve – dann war der Abzweig da, und im gleichen Augenblick tauchte aus der Dunkelheit eine Gestalt auf.

»Endlich!«, hörte er eine weibliche Stimme rufen. »Du hast ja eine halbe Ewigkeit gebraucht, Gerald!«

Mit diesen Worten trat die Frau in das gleißende Scheinwerferlicht, und Edward schnappte nach Luft. Sie war das herrlichste Wesen, das ihm je begegnet war – jung, mit nachtschwarzem Haar und berückenden roten Lippen. Ihr schwerer Umhang hatte sich geöffnet, und Edward sah, dass sie darunter ein feuerrotes eng anliegendes Abendkleid trug, das ihre makellose Figur betonte. Um den Hals hatte sie eine Kette aus edelsten Perlen.

Plötzlich riss sie erstaunt die Augen auf.

»Du bist ja gar nicht Gerald!«, stieß sie hervor.

»Nein, ich muss da was erklären«, sagte Edward rasch. Er nahm das Diamantkollier aus der Tasche und streckte es ihr hin. »Ich heiße Edward ...«

Weiter kam er nicht. Die junge Frau klatschte freudig in die Hände.

»Edward, natürlich! Ich freue mich sehr. Jimmy, dieser Trottel, hatte mir am Telefon gesagt, dass er Gerald mit dem Wagen schickt. Sehr anständig von dir, dass du eingesprungen bist, ich wollte dich schon lange mal kennenlernen. Als wir uns zum letzten Mal gesehen haben, war ich schließlich erst sechs. Du hast also das Kollier. Steck's schnell wieder weg, sonst kommt am Ende ausgerechnet jetzt der Dorfpolizist vorbei und sieht es. Brr … ich bin halb erfroren vom Warten. Lass mich rein.«

Wie im Traum machte Edward die Tür auf, und sie sprang leichtfüßig in den Wagen. Ihr Pelz streifte seine Wange, und ein undefinierbarer Duft – vielleicht Veilchen nach dem Regen? – stieg ihm in die Nase.

Er hatte keinen Plan, konnte keinen klaren Gedanken fassen. Von einer Minute auf die andere hatte er sich dem Abenteuer anheimgegeben. Edward hatte sie ihn genannt … Was spielte es für eine Rolle, dass er der falsche Edward war? Sie würde ihm noch früh genug auf die Schliche kommen. Bis dahin mochte das Spiel getrost weitergehen. Er ließ die Kupplung kommen, und sie rauschten davon.

Wenig später hörte er seine Beifahrerin lachen.

Ihr Lachen war ebenso wunderbar wie alles andere an ihr.

»Mit Autos hast du's offenbar nicht so. Die gibt's da oben wohl eher selten?«

Was mochte ›da oben‹ wohl bedeuten, überlegte Edward, laut aber sagte er nur »Da kannst du recht haben.«

»Am besten lässt du mich ans Steuer«, sagte die junge Frau. »Sich in diesen verwinkelten Gassen zurechtzufinden, bis wir wieder auf der Hauptstraße sind, ist nicht so einfach.«

Er überließ ihr bereitwillig seinen Platz, und gleich darauf donnerten sie in so halsbrecherischem Tempo durch die Nacht, dass es Edward den Atem verschlug. Sie sah kurz zu ihm hin.

»Ich fahre gern schnell. Du nicht? Gerald bist du überhaupt nicht ähnlich. Niemand würde euch für Brüder halten. Und dich habe ich mir auch ganz anders vorgestellt.«

»Vielleicht weil ich so ein Durchschnittstyp bin?«, vermutete Edward.

»Nein, das nicht. Aber du bist eben anders. Ich werde nicht schlau aus dir. Wie geht's dem armen alten Jimmy? Ist er sehr sauer?«

»Mit dem ist alles in Ordnung.«

»Das sagt sich so leicht. Aber der verknackste Knöchel ist doch wirklich ein Riesenpech. Hat er dir die ganze Geschichte erzählt?«

»Kein Wort. Ich tappe total im Dunkeln.«

»Zunächst ist alles gelaufen wie am Schnürchen. Jimmy hat als Frau verkleidet ungehindert das Haus betreten. Ich habe ein, zwei Minuten gewartet und bin dann von außen zum Fenster hochgeklettert und habe gesehen, wie Agnes Larellas Zofe Agnes' Kleid zurechtgelegt hat, samt Schmuck und allem Drum und Dran. Dann gab es unten ein großes Geschrei und einen Knall und alle schrien Feuer. Die Zofe lief aus dem Zimmer, ich stieg durchs Fenster ein, griff mir das Kollier, war wie der Blitz wieder draußen und lief quer über das Gelände weg in Richtung Punch Bowl. Im Vorbeigehen habe ich das Kollier und den Zettel mit dem vereinbarten Treffpunkt in die Seitentasche des Wagens gesteckt und bin zurück zu Louise ins Hotel. Die Winterstiefel hatte ich natürlich ausgezogen – ein perfektes Alibi für mich. Sie hat gar nicht gemerkt, dass ich weg war.«

»Und was war mit Jimmy?«

»Darüber weißt du mehr als ich.«

»Er hat mir nichts erzählt«, schwindelte Edward beherzt.

»Also das war so: In dem allgemeinen Durcheinander hat er sich mit dem Fuß in seinem langen Rock verheddert und dabei den Knöchel verknackst. Sie mussten ihn ins Auto tragen, und der Chauffeur der Larellas hat ihn heimgefahren. Nicht auszudenken, wenn der zufällig die Hand in die Seitentasche gesteckt hätte!«

Edward stimmte in ihr Lachen ein, aber seine Gedanken rasten. In groben Zügen war ihm jetzt die Lage klar. Der Name Larella war ihm nicht unbekannt – er roch nach Reichtum. Die Frau neben ihm und ein Unbekannter namens Jimmy hatten sich zusammengetan, um das Kollier zu stehlen, was ihnen auch gelungen war. Wegen seines verletzten Knöchels und im Beisein des Chauffeurs hatte Jimmy vor dem Anruf bei Edwards Beifahrerin nicht in die Seitentasche sehen können oder wollen. Höchstwahrscheinlich aber würde das Gerald, der zweite Unbekannte, sobald wie möglich nachholen. Und dabei Edwards Schal finden.

»Es läuft gut«, sagte seine Begleiterin.

Eine Straßenbahn rauschte an ihnen vorbei, der

Stadtrand von London war erreicht. Sie kurvten so waghalsig durch den dichten Verkehr, dass Edward fast das Herz stehen blieb. Die Frau neben ihm fuhr gut, aber mit vollem Risiko. Eine Viertelstunde später hielten sie vor einem imposanten Haus an einem frostig-vornehmen Square.

»Wir können ein paar von unseren Sachen hierlassen, ehe wir zu Rimon's weiterfahren«, sagte Edwards Begleiterin.

»Rimon's?«, Edward wiederholte den Namen des berühmten Nachtklubs fast ehrfürchtig.

»Hat Gerald dir das nicht erzählt?«

»Nein«, erklärte Edward grimmig. »Soll ich etwa so bei Rimon's aufkreuzen?«

Sie runzelte die Stirn. »Das hätten sie dir auch sagen können. Aber lass nur, wir richten dich schon irgendwie her. Jetzt müssen wir die Sache zu Ende bringen.«

Ein würdevoller Butler öffnete und trat beiseite, um sie einzulassen.

»Mr Gerald Champneys hat angerufen, Mylady. Er müsse Sie dringend sprechen, hat er gesagt, wollte aber keine Nachricht hinterlassen.«

»Kein Wunder, dass er sie sprechen will«, dachte

Edward. »Aber immerhin kenne ich jetzt meinen vollständigen Namen.« Aber wie heißt sie? Und wie ist sie darauf gekommen, ein Diamantkollier zu stehlen? Hat sie Schulden beim Bridge gemacht?

In den Fortsetzungsromanen, die er gelegentlich las, waren es immer Bridge-Schulden, die die schöne adlige Heldin in den Ruin trieben.

Der würdevolle Butler entfernte sich mit Edward und übergab ihn an einen öligen Kammerdiener. Als Edward eine Viertelstunde später wieder zu seiner Gastgeberin in die Halle kam, trug er eine Abendgarderobe, die unübersehbar aus der Saville Row stammte und ihm wie angegossen passte.

Himmel, was für eine Nacht!

Sie fuhren mit Edwards roter Göttin zu dem berühmten Ritson's, über das auch Edward zahlreiche Skandalgeschichten gelesen hatte. Jeder, der etwas auf sich hielt, ließ sich früher oder später in diesem exklusiven Nachtklub sehen. Edwards größte Sorge war, dass irgendwann dort ein Gast auftauchte, der den echten Edward Champney kannte, aber er tröstete sich mit dem Gedanken, dass der offenbar schon ein paar Jahre nicht mehr in England gewesen war.

Dann saßen sie zu zweit an einem kleinen Tisch

an der Wand und schlürften Cocktails. Für den eher einfach gestrickten Edward der Inbegriff eines Lebens auf der Überholspur. Seine Begleiterin, die eine luxuriös bestickte Stola trug, genoss ihren Drink lässig. Plötzlich ließ sie die Stola von den Schultern gleiten und stand auf.

»Tanzen wir?«

Wenn Edward eine Fertigkeit besaß, auf die er stolz war, so war es das Tanzen. Im Palais de Dance blieben, wenn er Maud aufs Parkett führte, die übrigen Paare stehen und sahen bewundernd zu.

»Fast hätte ich's vergessen«, sagte seine Begleiterin. »Das Kollier ...«

Sie streckte die Hand aus. Verwirrt holte Edward es aus der Tasche und gab es ihr. Gelassen legte sie sich den Schmuck um den Hals und schenkte ihm ein berückendes Lächeln. »Und jetzt wird getanzt«, sagte sie leise.

Sie tanzten – und nie hatte man bei Ritson's etwas Vollkommeneres gesehen.

Als sie schließlich an ihren Tisch zurückkehrten, sprach ein sichtlich um jugendliche Forschheit bemühter älterer Herr Edwards Partnerin an.

»Da schau her, Lady Noreen schwingt wieder das

Tanzbein! Jaja, sie kann's nicht lassen ... Ist Captain Folliot heute Abend auch hier?«

»Jimmy hatte Pech, er hat sich den Fuß verknackst.«

»Was Sie nicht sagen. Wie ist denn das passiert?«

»Genaueres weiß ich noch nicht«, lachte sie und ließ ihn stehen.

Edward folgte ihr benommen. Jetzt war er im Bilde. Das also war die für ihre Schönheit und Verwegenheit berühmte wie berüchtigte Lady Noreen, Anführerin einer Clique der Jungen, Schönen und Reichen. Erst vor kurzem war ihre Verlobung mit Captain James Folliot von der berittenen königlichen Leibgarde bekannt gegeben worden.

Aber was hatte es mit dem Kollier auf sich? Das musste er jetzt wissen – auch auf die Gefahr hin, sich zu verraten.

Als sie wieder saßen, deutete er auf den Schmuck. »Und das hier, Noreen?«, fragte er. »Was ist damit?«

Sie lächelte versonnen. Ihr Blick ging in die Ferne, der Zauber des Tanzes hielt sie noch gefangen.

»Für dich ist das wahrscheinlich schwer zu verstehen. Man hat es so satt, immer nur dasselbe zu erleben, immer wieder dieselbe alte Leier. Das

Schatzsuchen war eine Weile ganz amüsant, aber auch das wird früher oder später sterbenslangweilig. Die Einbruchsmasche war meine Idee. Fünfzig Pfund für alle, die mitmachen wollen, das Einbruchsopfer wird ausgelost. Dies hier ist unsere dritte Aktion. Jimmy und ich hatten Agnes Larella gezogen. Der Einbruch muss innerhalb von drei Tagen ausgeführt und die Beute mindestens eine Stunde an einem öffentlichen Ort getragen werden, sonst verfällt der Einsatz, und man muss hundert Pfund Strafe zahlen. Dass Jimmy sich den Fuß verknackst hat, ist Pech, aber der Gewinn ist uns trotzdem sicher.«

Edward holte tief Luft. »So ist das also«, sagte er. »So ist das also …«

Noreen erhob sich unvermittelt und zog die Stola fester.

»Fahr mich irgendwohin, wo es gefährlich ist. In die Docks. Ich brauche Nervenkitzel. Augenblick noch …« Sie nahm das Kollier vom Hals. »Am besten steckst du das wieder ein, sonst bringt mich noch jemand deswegen um.«

Gemeinsam verließen sie den Klub. Der Wagen stand in einer schmalen, dunklen Nebenstraße. Als sie um die Ecke bogen, hielt ein zweiter Wagen am Gehsteig, und ein junger Mann sprang heraus.

»Ein Glück, dass ich dich endlich erwische, Noreen«, rief er. »Wir stecken ganz schön in der Klemme. Jimmy, dieser Trottel, ist mit dem falschen Wagen weggefahren. Der Himmel weiß, wo der Schmuck jetzt ist. So ein Schlamassel aber auch ...«

Lady Noreen sah ihn erstaunt an. »Was redest du da? Wir haben den Schmuck – das heißt, Edward hat ihn.«

»Edward?«

»Ja.« Sie zeigte flüchtig auf ihren Begleiter.

»Schlamassel ist das richtige Wort«, dachte Edward. »Wetten, dass das Bruder Gerald ist?«

Der junge Mann besah ihn sich genauer. »Was soll das heißen? Edward ist in Schottland.«

»Das darf ja nicht wahr sein!«, stieß Lady Noreen hervor und wurde abwechselnd rot und blass.

Edward brauchte nur eine Minute, um die Situation zu erfassen. In den Augen seiner Begleiterin sah er fast so etwas wie Bewunderung. Sollte er alles erklären? Nein, so zahm sollte das Spiel nicht enden.

Er verbeugte sich gemessen – jeder Zoll der edle Räuberhauptmann. »Ich schulde Ihnen Dank für einen überaus genussvollen Abend«, sagte er und warf einen raschen Blick auf den Wagen, aus dem der junge Mann gerade gestiegen war. Einem scharlachroten Wagen mit glänzender Kühlerhaube. Seinem Wagen!

»Und jetzt wünsche ich Ihnen eine angenehme Nacht.« Ein Satz – und er saß am Steuer und gab Gas. Der Wagen schoss nach vorn. Gerald stand da wie versteinert, doch Noreen reagierte schnell. Als der Wagen an ihr vorbeirauschte, nahm sie Anlauf und landete auf dem Trittbrett.

Der Wagen schleuderte, schoss blindlings um die Ecke und hielt an. Noreen, noch atemlos von ihrem Sprint, legte Edward eine Hand auf den Arm.

»Du musst den Schmuck rausrücken, Agnes Larella will ihn zurückhaben. Jetzt sei kein Spielverderber. Wir haben einen schönen Abend miteinander verbracht, wir haben getanzt, wir sind … Freunde geworden. Komm, tu mir den Gefallen.«

Vor sich sah er eine Frau, die einen mit ihrer Schönheit trunken machen konnte. Solche Frauen gab es also wirklich …

Dazu kam, dass Edward den Schmuck nur zu gern wieder loswerden wollte. Es war die ideale Gelegenheit für eine große Geste. Er nahm das Kollier aus der Tasche und lege es in ihre ausgestreckte Hand. »Wir sind … Freunde geworden«, wiederholte er.

Ihre Augen leuchteten auf, und plötzlich hielt er sie in den Armen und spürte ihre Lippen. Dann sprang sie herunter. Der rote Wagen machte einen gewaltigen Satz nach vorn.

Romantik!

Abenteuer!

Am Weihnachtstag betrat Edward Robinson um die Mittagszeit mit einem munteren ›Fröhliche Weihnachten‹ das kleine Wohnzimmer eines Hauses in Clapham.

Maud, die gerade einen Stechpalmenzweig neu arrangierte, begrüßte ihn frostig.

»Hast du einen netten Tag mit deinem Freund auf dem Land verbracht?«, wollte sie wissen.

»Jetzt erzähle ich dir mal was«, legte Edward los. »Punkt eins: Das mit dem Ausflug aufs Land war geschwindelt. Ich habe in einem Preisausschreiben fünfhundert Pfund gewonnen und mir dafür ein Auto gekauft. Ich habe dir nichts davon erzählt, weil ich wusste, dass du Theater machen würdest. Punkt zwei: Ich habe keine Lust mehr, jahrelang zu warten. Meine Chancen im Beruf stehen nicht schlecht, und deshalb werde ich dich nächsten Monat heiraten. Einverstanden?«

»Oh«, sagte Maud schwach.

Der Mann, der in diesem herrischen Ton sprach – konnte das noch ihr Edward sein?

Sie sah ihn unverwandt an, Ehrfurcht und Bewunderung im Blick. Verschwunden war das nachsichtig-mütterliche Gehabe, das ihn immer zur Verzweiflung gebracht hatte.

So hatte Lady Noreen ihn gestern Abend angesehen. Doch Lady Noreen war längst in das Reich der Romantik, das Reich der Marquise Bianca entschwunden. Dies hier war die Wirklichkeit. Dies hier war seine Frau.

»Ja oder nein?«, fragte er und trat näher.

»J-j-ja«, stammelte Maud. »Aber was ist los mit dir, Edward? Du bist wie ausgewechselt.«

»Ja«, bestätigte Edward. »Vierundzwanzig Stunden war ich ein Mann und kein Wurm, und weiß der Himmel, es hat sich gelohnt.«

Er zog sie an sich – fast so, wie Bill der Supermann es getan hätte.

»Liebst du mich, Maud? Komm, sag es: Liebst du mich?«

»Mein Edward«, hauchte Maud. »Ich bete dich an.«

Der unfolgsame Esel

Es war einmal ein sehr unfolgsamer kleiner Esel. Er liebte es geradezu, unfolgsam zu sein. Wenn ihm etwas auf den Rücken geladen wurde, dann warf er es ab, und er rannte den Leuten nach und versuchte, sie zu beißen. Sein Herr konnte nichts mit ihm anfangen, und so verkaufte er ihn an einen anderen Herrn, und dieser Herr konnte auch nichts mit ihm anfangen und verkaufte ihn ebenfalls, und schließlich wurde er für ein paar Pfennige einem schrecklichen alten Mann gegeben, der alte, abgearbeitete Esel aufkaufte und sie durch Schinderei und schlimme Behandlung umbrachte. Aber der unfolgsame Esel jagte den alten Mann und biss ihn und rannte dann mit fliegenden Hufen davon. Er wollte sich nicht wieder einfangen lassen, deshalb schloss er sich einer Menschenmenge an, die ihres Weges zog.

»Unter all den vielen Menschen wird niemand wissen, wo ich hingehöre«, dachte sich der Esel.

Die Menschen zogen alle nach der Stadt Bethlehem, und als sie dort ankamen, gingen sie in einen großen *Khan* voller Menschen und Tiere.

Der kleine Esel aber schlüpfte in einen hübschen kleinen Stall, in dem schon ein Ochse und ein Kamel standen. Das Kamel war sehr hochmütig wie alle Kamele, denn die Kamele glauben, nur sie allein wüssten den hundertsten und geheimen Namen Gottes. Das Kamel war zu stolz, um mit dem Esel zu sprechen. Deshalb begann der Esel zu prahlen. Er prahlte furchtbar gerne.

»Ich bin ein ganz außergewöhnlicher Esel«, sagte er. »Ich kann sowohl in die Zukunft als auch in die Vergangenheit sehen.«

»Wie soll denn das gehen?«, brummte der Ochse.

»Na ja, einfach genauso, wie ich vorwärts- und rückwärts laufen kann. Meine Urur-siebenunddreißigmal Urgroßmutter war die sprechende Eselin des Propheten Bileam und hat mit eigenen Augen den Engel des Herrn gesehen.«

Aber der Ochse kaute ungerührt weiter, und das Kamel blieb weiter hochmütig.

Bald darauf kamen ein Mann und eine Frau herein, und es gab eine Menge Aufregung, aber der Esel fand rasch heraus, dass es da gar nichts zum Aufregen gab außer einer Frau, die ein Kind kriegte, und das passiert schließlich jeden Tag. Und nachdem das Kind geboren war, liefen Hirten herbei und machten ein großes Getue um das Kind – aber Hirten sind eben sehr einfältige Leute.

Aber dann erschienen Männer in reicher Kleidung.

»VIPs«, zischte das Kamel.

»Was ist das?«, fragte der Esel.

»Hochwichtige Leute, die Geschenke bringen«, sagte das Kamel.

Der Esel dachte, die Geschenke seien vielleicht was Gutes zum Essen, und als es dunkel wurde, schnupperte er daran herum. Aber das erste Geschenk war gelb und hart und ohne Geschmack, das zweite brachte den Esel zum Niesen, und als er am dritten leckte, schmeckte es ekelhaft und bitter.

»Was für blödsinnige Geschenke«, brummte der Esel enttäuscht. Aber als er so neben der Krippe stand, streckte das Neugeborene seine kleine Hand aus, fasste ein Ohr des Esels und hielt es fest, wie kleine Kinder das tun.

Da passierte etwas ganz Merkwürdiges: Der Esel

hatte auf einmal keine Lust mehr, unfolgsam zu sein. Zum ersten Mal in seinem Leben wollte er brav sein. Und er wollte dem Kind ein Geschenk machen, aber er hatte nichts zu verschenken. Das Kind schien sein Ohr zu mögen, aber das Ohr war ja ein Teil von ihm. Da hatte er eine merkwürdige Idee: Vielleicht konnte er sich selbst dem Kind schenken?

Kurz darauf kam Joseph mit einem hochgewachsenen Fremdling herein. Der Fremde sprach eindringlich auf Joseph ein, und als der Esel die beiden anstarrte, traute er kaum seinen Augen!

Der Fremde schien sich aufzulösen, und an seiner Stelle stand ein Engel des Herrn, eine goldene Gestalt mit Flügeln. Aber gleich darauf verwandelte sich der Engel in einen Mann zurück.

»Du liebe Zeit, ich sehe Gespenster«, sagte der Esel zu sich. »Das muss von all dem Heu kommen, das ich gefressen habe.«

Joseph sprach mit Maria.

»Wir müssen das Kind nehmen und fliehen. Es ist keine Zeit zu verlieren.« Sein Blick fiel auf den Esel. »Wir nehmen den Esel hier und lassen das Geld für seinen Besitzer zurück. So gewinnen wir Zeit.«

Und so zogen sie auf die Straße, die von Bethlehem

wegführte. Aber als sie an eine enge Stelle kamen, versperrte ihnen ein Engel des Herrn mit einem flammenden Schwert den Weg, und der Esel, der ihn als Einziger sah, wandte sich seitwärts und begann den Hügel hinaufzuklettern. Joseph versuchte, ihn auf die Straße zurückzuzerren, aber Maria sagte: »Lass ihn. Denk an den Propheten Bileam.«

Denn hatte nicht Bileams Eselin ihren Herrn vor dem Verderben errettet, weil sie störrisch ihren eigenen Weg einschlug?

Und gerade als sie im Schutz einiger Olivenbäume angelangt waren, kamen mit gezogenen Schwertern die Soldaten des Königs Herodes die Straße heruntergesprengt.

»Genau wie bei meiner Urgroßmutter«, sagte der Esel, äußerst zufrieden mit sich. »Nimmt mich nur wunder, ob ich nun auch in die Zukunft sehen kann.«

Er blinzelte mit den Augen – und sah ein verschwommenes Bild: einen Esel, der in eine Grube gefallen war, und einen Mann, der half, ihn herauszuziehen …

»Na, so was, das ist ja mein Herr als erwachsener Mann«, sagte der Esel. Dann sah er ein anderes Bild:

denselben Mann, der auf einem Esel in eine Stadt ritt ... »Natürlich«, sagte der Esel. »Er wird zum König gekrönt!«

Aber die Krone schien nicht aus Gold, sondern aus Dornen zu sein. Der Esel liebte zwar Dornen und Disteln, aber für eine Krone erschienen sie ihm doch unpassend. Und dann war da noch etwas auf einem Schwamm, bitter wie die Myrrhe, an der er im Stall geschnuppert hatte ...

Und der kleine Esel wusste plötzlich, dass er nicht mehr in die Zukunft sehen wollte. Er wollte nur in den Tag hinein leben, seinen kleinen Herrn lieben und von ihm geliebt werden und ihn und seine Mutter sicher nach Ägypten tragen.

Ein Gruß

Preis dem Julnacht-Weihnachts-Scheit!
Hüpft, Flammen, lustig und heiter.
Jubel dem starken Umtrunk heut!
Schäume, Wein, rosenrot, weiter.

Dort in der Krippe liegt das Kind;
Es schrei'n und muh'n Esel und Rind,
Die Hühner gackern, kräh'n wie toll,
Die Herberg, heut' Nacht, übervoll,
Am Firmament hoch strahlt ein Stern,
Die Schäfer ruh'n, dem Pferch nicht fern,
Als ihre Gaben bringen weise Männer Gold,
Und hoch vom Himmel, wunderhold,
Verkünden Engel mit Posaunenschall
die Gabe Gottes, »Liebe«, überall.

Wacht auf, ihr Kinder, allesamt,
hört der Posaunen Ruf entflammt,

Verlasst eure Schlafstatt: Dies ist der Tag!
Die Weihnacht, der glorreiche Weihnachtstag!

Nachweis

Zur Autorin

Agatha Christie begründete den modernen britischen Kriminalroman und avancierte im Laufe ihres Lebens zur bekanntesten Krimiautorin aller Zeiten. Ihren ersten Krimi veröffentlichte sie 1920, zweiundsiebzig weitere folgten. Darüber hinaus erschienen zahlreiche Kurzgeschichten, Theaterstücke, ein Gedichtband und – unter ihrem Pseudonym Mary Westmacott – sechs Romanzen. Ihre beliebten Krimihelden Hercule Poirot und Miss Marple sind – auch durch die Romanverfilmungen – einem Millionenpublikum bekannt. Psychologischer Feinsinn, skurriler Humor und Ironie verleihen ihren Krimis die besondere Note. Sie gilt als die meistgelesene Schriftstellerin überhaupt. 1971 wurde sie in den Adelsstand erhoben. Christie starb im Alter von 85 Jahren am 12. Januar 1976.